【令和版】全訳小説

伊勢物語

服部真澄

講談社

【令和版】全訳小説

伊勢物語

装画　「伊勢物語図」〈部分〉
（国文学研究資料館蔵　鉄心斎文庫）
造本装幀　岡　孝治＋森　繭

この素晴らしい題材『伊勢物語』を千年の時を経て一新し、小説として更改、上梓するにあたり、根気よく尽力し支えてくださった講談社の堀彩子氏と野村吉克部長、及び諸賢に深謝申し上げます。

また、『伊勢物語』に関するあまたの貴重な収集品を国文学研究資料館に寄贈された『鉄心斎文庫』の故・芹澤新二氏と芹澤美佐子氏の恩恵を蒙り、クリエイティブ・コモンズ・ライセンスを利用して多くの美術的な物語絵を本書に掲載できました。厚く御礼申し上げ、末筆ではありますが、本文デザインの原案者である夫・服部良一にも謝意を表します。

皇家と在原家

（登場人物を中心にした略図）

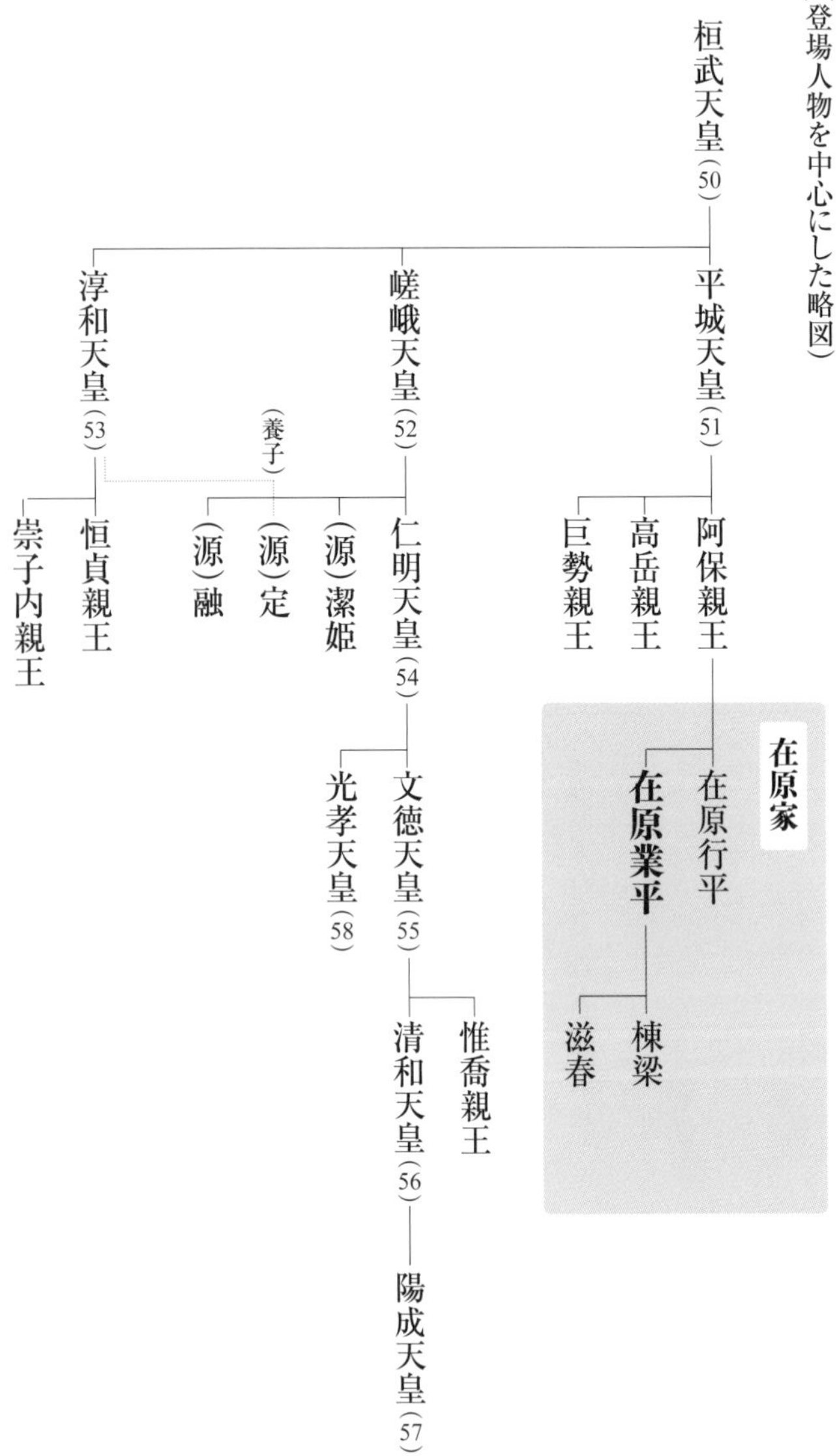

藤原北家

（登場人物を中心にした略図）

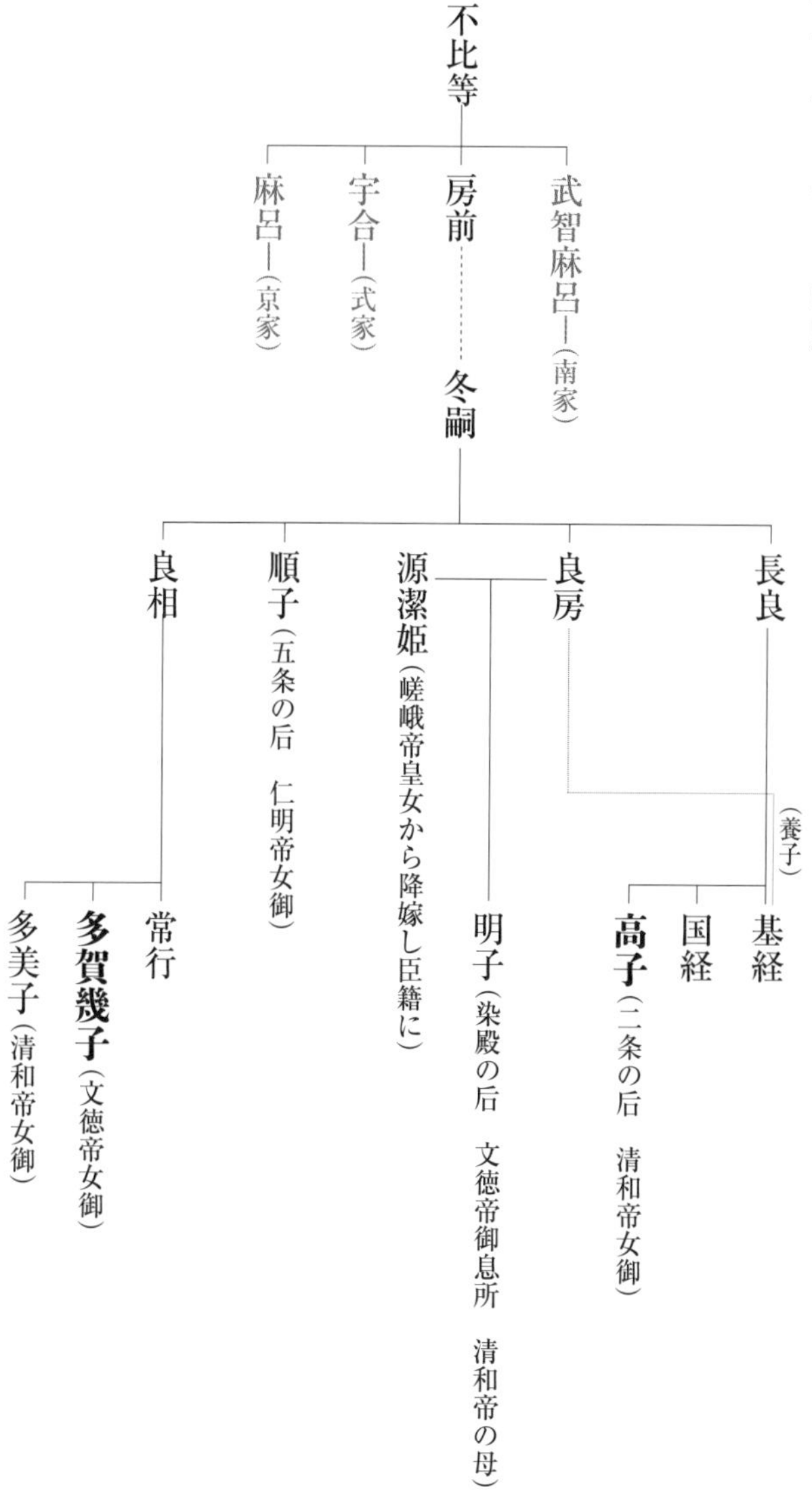

【目次】

【第一章】

羽ばたく鷹

鷹狩りは、限られたごく僅かな人々だけに許された娯楽であった。
元服したてでその鷹狩りに興じる若者・在原業平の血筋とは……

鷹狩り【第一段】

スペンサーコレクション　伊勢物語絵巻より　SPENCER COLLECTION
『ISE MONOGATARI EMAKI』/NYPL DIGITAL COLLECTION

【二】鷹狩《たかが》り

湿地の上空は果てなく澄んでいた。草は狐色《きつねいろ》に枯れている。

葦《あし》や茅萱《ちがや》のところどころに珠玉の小さな赤が点々と混じるのは、秋グミかノイバラだろうか。合間から覗《のぞ》く水面《みなも》は、朽《く》ちかけた枯葉を含んでまったりと沈滞しつつ、きらめいた。

景色だけを眺《なが》めれば、どこにでもありがちな山裾の晩秋であったが、異色なのは、この日、枯れ野に並外れて端麗な美丈夫《びじょうぶ》の一行が出現したことである。

「かの方々は……？」

誰もが目を奪われる来訪者の噂話で、春日《かすが》の里は持ちきりであった。

「平安《へいあん》の都からおいでになった」

「え、新たな都から？」

里の者たちは幻でもあろうかと、二度、三度と見直した。

いまとなっては珍しい事態であるうえに、この地元の者たちが新たな都を見る目は複雑だった。

旧都の平城《なら》であるこの地には、新たな都に対し「こちらこそ、ほんの少し前まで天子が朝廷を置かれた都であったのに」との自負が、いまだに消えていない。

平城が都の所在地をめぐる争い事《ごと》に敗れて三十年は経つ。時が過ぎれば、移りゆく世に慣れてゆくのが通例だろうが、いまなお苦々しさが残るのには、二つの都をめぐる皇家の内紛が絡《から》んでいた。

新たな都は、万年にわたり春を満喫できるようにとの意をこめて平安の京と名づけられており、〝以後は遷都すべからず〟と当時の帝に命じられている。遷都を行った帝は、桓武帝《かんむのみかど》であった。

ところが、後継ぎの平城帝《ならのみかど》は、亡父の命に反し、平城京を都に戻そうとした。

しかも、これは実の弟・嵯峨帝《さがのみかど》に位を譲り、上皇《じょうこう》となって一年あまりのことであったため、兄弟の仲は容易ならざる事態となった。

平城上皇が帝位を退いたのは病からであったが、持ち直したとたんに〝占術により吉と出たので旧居に戻る〟として平城故宮《こきゅう》を修繕させ、住まいとした。

それに伴う旧都の修復はとめどなく続き、紀伊《きい》、伊賀《いが》、近江《おうみ》、摂津《せっつ》、播磨《はりま》、阿波《あわ》、計六か国の稲を費やし、二千五百人の役夫《えきふ》が当てられた。畿内《きない》諸国はこのために飢えたといわれ、朝廷の莫大なつけともなった。

平安京の朝廷運営と街の整備を粛々と進めていた嵯峨帝にしてみれば、面目もなく怒り《いか》心頭《しんとう》となるのも無理はない。

さらには、上皇の病が回復し、旧都が修復されたのならと、上皇の腹心らが平城に仮住まいを決め込んだ。上皇という存在は、譲位をしても帝と変わらぬ力を持っていたので、廟堂《びょうどう》が平安京と平城京の二手に分かれたかに見えた。

〝帝がお二人、朝廷は二所《にしょ》〟

と、巷《ちまた》でささやかれはじめたのである。

〝二所朝廷〟とは、穏やかならぬ話である。

上皇は復位を望まれていると見られ、もっぱらの噂となったが、それも満更嘘ではなかった。

上皇と帝の御仲はこじれ、とうとう上皇は〝平城故宮を都に戻す〟との詔勅《しょうちょく》を出すに至ったが、嵯峨帝の側に機先を制され、還都を止められた。

上皇を唆《そそのか》したとして最側近が捕らえられ、万策尽きた上皇は出家。ことは収束し、都は平安京に落ち着いた。

これが二つの都にまつわる兄弟争いの顚末《てんまつ》なのではあるが。

その悶着《もんちゃく》があったために、旧都には平安京へのやっかみが消えていない。

だから、新都から人目を惹く一団がやってきたことに、里の者たちは「いまさら、なぜ」と半《なか》ば醒《さ》め、半ば怪しんだ。

その一方で、にわかに目にした時めく男たちの、輝くばかりの都ぶりが眩《まぶ》しくもある。

わずか二、三十年のあいだに、この地はすっかり垢抜《あかぬ》けなくなった。朝廷の移転に伴い、役人も公《きん》達《だち》も、その雇い人たちも姿を消した。都であった往時や、上皇が住まいとしていた頃の賑わいはすでにない。わざわざ訪れる者もめっきり減った。

残っているのは、新都への移転を禁じられた寺々に繋がる者らばかりで、いかにも地味になっている。

そこへ。

絵巻のように華麗ないでたちの男たちが野辺に現れたのであった。

さらには、あろうことか。

美々しい一団のなかには、拳《こぶし》に鷹を乗せた者らがいるではないか。

それを目にして、驚かない者はない。

……なぜなら。

鷹の調養《ちょうよう》は厳禁であり、とある限られた身分の者にしか許されていない。

「いったいどなたが……」

誰かが詮索しかけると。

「しっ」

声をひそめろと制されたのは、穏やかならぬことでもあるためか。


都からの一団は、雲の流れと風の動きを読んでいる。皆、真剣な面持ちだ。

春日山麓の縁辺《えんぺん》をなす春日野《かすがの》は、野という語がしばしば思い起こさせる平らな広地ではなく、なだらかながら上下に面状のうねりが連なる傾斜地である。

幾条《いくじょう》もの水が野の勾配を落ちゆく先が、彼らがまさに入ろうとしている湿地で、浅茅《あさじ》が原《はら》とよばれ、水田もまばらに入り組んでいる。

「風が参りましたぞ」

鷹飼《たかがい》が告げた。

山に向かう風の気配が、浅茅が原の叢《くさむら》をそよがせた。

……と。

呼応するようにしなやかな影が動いた。ひときわ雅やかな装束《しょうぞく》の男が、鷹を拳に乗せたまま助走して振りかぶり、あたかも槍《やり》投げをするように鷹を空に放ったのである。

鷹はひと羽ばたきで絶好の風に乗り、狂喜して御蓋山《みかさやま》の方角へ滑空していった。

澄み切った空である。

「お見事」

一同は色めき立った。

鷹を放つのは思いのほか難しい。

自ら飛び立ってはくれないので空に投げ放つのだが、時機を読む必要がある。鳥は意に沿った風が来なければ飛ばない。鷹の羽ばたきと投げ手の息が合わないと、手離れしても失速し、すぐに舞い降りてしまう。

「お血筋だろうか」

声をひそめて囁《ささや》く者もいた。

彼らの主《あるじ》は元服したてで、狩りの遊びを始めてまだ日が浅いのに、放鷹《ほうよう》の腕が際だっている。

「さすが」

伴《とも》の者たちは誇らしげである。

彼らは、放鷹が極めて雅びやかな流行の遊猟《ゆうりょう》であることを熟知し、一員であることを誇りに思っている。

鷹狩りには、公許を得ている主のほかに、猟犬を引き連れた犬養《いぬかい》や、鷹の飼育をする鷹司《たかのつかさ》や鷹飼がいた。彼らも身分のある専門の役人で、蔵人所《くろうどどころ》や兵部省《つわもののつかさ》に属しており、世の中では羨望の目で見られる職である。

鷹飼のなかには、主の家の代々に関わり、仕えた家系の者もいる。彼などは、颯爽《さっそう》と飛びゆく鷹の姿に、これまでのことを思い返していた。

自分の息子らに、彼はこう伝えている。

「畏《おそ》れ多くも」

鷹飼は、必ずこう前置きする。

「鷹狩りといえば、唐の国でも歴代の皇帝がじきじきになさってきたこと。もしくは貴族のたしなみである。我が国でもそれは同じ。帝はむろんあそばされるが、ほかにはごく僅かな公達と係の官人のみが飼い、放つことを許されているのだぞ」

鷹狩りは、特に公許された者にしかできない禁制の遊猟であった。たとえ王臣の子弟であっても、行えば科《とが》を課せられる。

――鷹は、王権の象徴でもある……。

「――帝であらせられますか？」

子らは目を丸くしてのけぞる。

「さよう。それゆえ、我々は鷹の管理に手を抜けないのだ」

狩りに用いる鷹一羽には、あきれるほどの手間が掛けられている。

「例えば、巣下《すお》ろしの鷹というのがある」

「巣下ろし？」

「巣鷹《すだか》ともいう。巣から獲り下ろし、雛から人の手で育てた鷹だ」

成鳥の場合は網などの罠で獲る。こうして得たものは羅鷹《あがけのたか》という。いずれにも適した育て方があり、扱い、慣らし方がある。

専用の鷹部屋と呼ばれる養成小屋は、日当たりがよい高地を選んで建てられていた。

「羅鷹を躾《しつ》けるのはひと苦労だが、巣鷹に狩りを覚えさせるのも手間なのだ」

ただ育てばいいのでもない。狩りの能力に勝れた鳥は峻別され、生き餌を与えられて狩りの本能を磨いてゆく。さらに食の加減で戦いに備えて体を絞られたうえ、狩り本番の数日前から餌を絶つ。

鷹の足には金具つきの革がつけられ、繋ぐためには大緒《おおお》と呼ばれる長い朱色の組紐《くみひも》が使われる。鷹の架《ほこ》への繋ぎ方、さらには鷹司から貴人への鷹の渡し方など、一々の作法もあった。

「難しゅうございますねえ？　覚えられるでしょうか」

子は小首を傾ける。

「そうだな。だが、鷹術の多くは『鷹経《ようきょう》』や『新修《しんしゅう》鷹経』にまとめられている。書を読むための学問を学んでおくことだ」

『鷹経』は唐より渡来の書物、『新修鷹経』は嵯峨帝がまとめさせた本朝の書である。鷹の養成から餌、狩りの実践、鷹の病からその治療にいたるまでを網羅《もうら》した手引きであった。これも、誰でも見られるものではない。選ばれて帝より下賜《かし》されるのは、遊猟を許された貴人のほかは、鷹に関して知識精通を求められる者である。

鷹飼ら役人は、典籍《てんせき》にも接し通じる、学のある官人でもあった。

鷹飼は、自慢げに続けた。

「歴代の帝のなかでも、とりわけ放鷹を好まれたのは、延暦《えんりゃく》の帝王、桓武帝でいらっしゃった。一生のあいだに百二十八回もなさったのだよ」

話も熱をおびてゆく。

「桓武帝は、御手ずから御鷹に餌を与えられ、嘴《くちばし》や爪をお好きな形に削り整えていらしたほどであったと聞いている」

飼養と狩りに応じたこれらの加工は、よほど精通していなければ難しいものである。

桓武帝がことのほか好まれたことから、王臣や貴族のあいだにも鷹狩りの流行が広まっていった。

「皇子さまの平城上皇も嵯峨帝も、御鷹には熱心であられた」

嵯峨帝が『新修鷹経』を編ませたのも、好みが高じてのことであるし、平城上皇にも、磐手《いわて》（岩手）から献上された御鷹を〝磐手〟と名付けて愛用していた等の語り草がある。

「この方々は格別であった」

が、桓武帝も平城上皇もすでにこの世の方ではない。

〝世が世なら……〟

鷹飼は、そう思わずにはいられない。

現実に目を戻せば、いま、目の前で見事に鷹を放ってみせた主は、その比類ないお血筋なのである。

〝主は、平城上皇の御孫さま。世が世ならかしずかれて育ち、帝位につく運もおありだったかもしれぬ……〟

が。

彼の祖父・平城上皇の内紛が国を大きく揺るがした現実は重く、子孫に下された処遇も厳しかった。

上皇の年長の皇子、阿保《あぼ》親王は遠方の太宰府《だざいふ》（いまの福岡《ふくおか》県太宰府市）に流された。

この阿保親王が、主の父である。

嵯峨帝のもとで皇太子となっていた父の弟・高岳《たかおか》親王も、無念にも皇太子を廃された。

平城上皇が崩御すると、阿保親王はようやく帰京を許された。その後に生まれたのが、五男の主である。

このときはまだ、主は皇族であった。

ところが、それが一変した。

主が数えで二歳になるかならないかの頃、阿保親王が、帝に文書をもってこう申し上げたのだ。

「わが子らは、皇位継承にあたらぬ者と致します」と。

もちろん、好きで奏上したことではない。平城上皇の男孫に皇位の継承権があるとなれば、疑念を抱かれるもととなる。阿保親王と高岳親王は、自分の子らを皇族から外すことを決めざるを得ず、帝もお認めになった。

鷹を目で追いながら、鷹飼はため息をついた。

主は、もはや皇族ではない。臣籍《しんせき》に下されてしまったのである。

これらのことは、まだ民らの記憶に新しい。

空は壮烈なまでに晴れていた。風は乾いて冷たいが、日なたは温かい。

雨は鷹の羽根を濡らし、体力を消耗させるうえ、動きを鈍くする。獲物もそれは同じで、獲りやすいともいえるが、狩りを重ねるのが難しくなり、猟に向かない。風も無風ではいけない。この日の天候は狩りにうってつけであった。

主が秋を心待ちにしていたことも、この場の皆が心得ている。

鷹狩りが秋以降に行われるのには理由がある。

ひとつには、鷹の羽根が一度抜け落ち、生え揃う頃合いが、立秋《りっしゅう》の後であるということ。羽ばたく準備が万端になる。

加えて、獲物となる渡り鳥が飛来し始める頃でもあるし、何よりも我が国では、米の収穫を待つ。鷹狩りのために田畝《でんぼ》を荒らすことは、民の産物を毀損《きそん》するため許されていない。

一方で、刈り入れを終えた田は、渡り鳥や雉にとって落ち穂や小虫にありつける餌場になる。秋が深まり、越冬のため泥鰌《どじょう》や田螺《たにし》が肥えてから、雪が舞い始める頃までが狩りのたけなわになる。

その意味で秋を待つのは無論だが、この日、この地での狩りにはより複雑な企図《きと》が匂うのである。

春日野に鷹狩りにゆくと主が切り出したとき、伴の者らはささやきあった。

「なんと大胆不敵な」

「それでなくとも、注目の的であるというのに」

若いとはいえ、国では知らぬ者のない高貴な出で、この春日の里を所領としてもいる主は、容貌もこの世の者ならず美しい。宮廷で一、二を争う美貌の持ち主と目されているだけではない。その出自《しゅつじ》の尊さはある種仰ぎ見られており、行動のひとつひとつが――危ういふるまいや邪《よこしま》な恋さえも――語り草になる。

「旧都の春日野といえば、誰もが思い起こすのは平城上皇の栄華。あの方の所領となっているのもそのなごり」

「あの方も心の収まりがつかないのであろうよ。だが、度が過ぎれば世の目がうるさい」

世の人々は、この貴公子を見るたびに、国を二分しかけた上皇の変を思い起こさずにはいられない。

「元服したての頃といえば、宮廷社交にも物心がつき、地位や身分に敏感になるものだ。あの方も、輝かしかった昔の幻に漂ってみたくなったのだろうか」

高貴な血を持ちながら皇族でなくなった主を見る世間の目は、ときに好奇の色を帯び、ときに残酷である。

「無理もない。また歌でも作られるのではないか？　旧都は題材の宝庫だ」

平城故宮の縁辺をなす春日野は、大宮人《おおみやびと》と呼ばれる古代の宮廷人たちがこぞって野遊びをし、帝も鷹狩りを楽しまれた景勝地であった。誰もが口ずさむ数々の名歌の舞台でもある。

歌の才にも貴公子は恵まれているうえ、さりげない歌にさえ、彼の家族背景が投影して深みを与え、哀調を帯びさせる。

巷が熱を上げている歌の世界についても、金のように彼を彩る極上の飾りがある。万葉集を編ませた和歌界の礎《いしずえ》・平城上皇の孫であるという圧倒的な事実であった。

「いや。雲をつかむような歌の話で済めばいいが、時期がよろしくない」

現実に話を引き戻す者もいる。

「朝廷にて睨まれるぞ」

考え合わせなければならないのは、この頃の政治の情勢である。朝廷でも、この春日山一帯でも、藤原《ふじわら》氏が権勢を強めていた。

〝春日の名の由来は、神《かむ》の棲《す》む処《が》から来ている〟といい、春日は古くから神を祀《まつ》る地でもあった。この地に藤原氏一族が春日社（現在の春日大社）を建てて氏社とし、国の祭社ともされたのは、七十年ほど前のことである。

「藤原の者らは、ここ最近になって、春日大社山内を禁猟にしようと動いているとか」

「上皇の覚えがめでたいからな」

嵯峨上皇の寵臣・藤原良房《ふじわらのよしふさ》はいま政務の首座《しゅざ》にあるといわれる。上皇の信頼の深さは、愛娘の潔姫《きよひめ》さまを良房の妻として下されたことでも知れる。

また、良房の妹・順子《のぶこ》はいまの帝（仁明帝《にんみょうのみかど》）の妃となっており、まさに怖い者なしであった。

「良相《よしみ》殿あたりの指図だろうか。彼は鷹狩りを毛嫌いしている」

良房の弟、良相の名を出す者もいる。彼ら藤原北家《ほっけ》がいま藤原家の主流であり、氏社や氏寺を管理する立場にもある。そのうち誰が言い出したのか真相は不明だが、春日社山内の狩りにまつわる禁猟の噂は伝わってきている。

そこへ。

主の貴公子は、春日社とは目と鼻の先である浅茅が原に、鷹狩りの一隊を引き連れて威風堂々《いふうどうどう》、乗り込もうというのである。

見ようによっては、臣下からのし上り、権勢を誇る藤原良房らへの面当てのように思えなくもない。

「いや、かの方は、北家の怒りを買うことも承知なのではないか」

「え」

「そうだ。そうに違いない」

若い者などは目を輝かせた。

主は和歌をたしなみ、洗練されているだけではない。恐れをものともせずにあえて行動に出たのであろう、と。

「勇ましい」

「上等ではないか」

「よし。目に物見せてくれよう」

貴公子の比類なき血のざわめきに、みな共鳴してゆく。

が、小声で呟く者もいた。

「たとえ胸中で苦虫を嚙みつぶしていたとしても、藤原の者らにこの件で我が君が表立って咎《とが》められるはずがない」

「なぜだ？」

「特別に鷹狩りを許されているのがお血筋ゆえであるのはいうまでもない。嵯峨上皇はかの方の大叔父さま。あの方の母君の手前もある」

「内親王《ないしんのう》さまか」

主の母は、これもまた桓武帝の皇女であり、嵯峨上皇の異母妹にあたる。伊都《いと》内親王として世に知られた高貴な方で、いまも存命である。

伊都内親王の母は藤原氏の出で、平城の興福寺《こうふくじ》に眠っていた。興福寺も藤原氏の氏寺であり、内親王は亡母の供養料としてあたりの田畑や荘園を寄進した要人なのだ。

いずれにしても。

母方をたどっても、主の出自は帝に行き着く。

この貴公子は、権力者である藤原氏でさえあえて触れたくない方々の縁者なのである。放縦であるが、血脈からいえば思い上がりとはいえない。野放図《のほうず》でも干渉されない、不思議な存在でもあった。

そのことを、自覚しているのかどうか。

あくまでも、主は平然としていた。それだけに、ただ典雅端麗であるだけにも思えるのだ。


鷹を放つと、主の貴公子は流麗な身のこなしで騎乗の人となった。どのみち、鷹が飛び行くまで、馬は静かに駐めておかなければならない。目視で行方を見定めたうえで、後を追いはじめる。鷹飼は鷹の習性を心得ており、猟場の心当たりはたいてい外れない。

目当ての湿地の少し手前にあたる田の畦《あぜ》で馬を下りると、鷹飼は主に囁いた。

「鷹をお探し下され」

「あの枝に」

若い主は、叢林の梢を指し示した。鷹には、猟にかかる前に高い梢からあたりを睥睨《へいげい》する習性がある。

「さすが。次はいかがなさいます」

鷹飼が促すまでもなく、主は犬養たちに命じた。

「犬を放て」

猟犬たちは、枯れ芦《あし》の根元に飛び入り、しきりに吠え立てた。渡り鳥や山鳥たちは、追い立てられ、慌てて芦の茂みから飛び立つはめになる。

鷹はすかさず弧を描きながら降下した。思いのほかゆったりと見えるが、狙いは狂いなく、逃げ遅れた一羽を確実に引っさらった。

獲物は、すでに羽ばたいていない。

鷹は両足の鋭い爪で、獲物の両肩の付け根をがっしりつかむ。肩をすくめたまま上腕を固定されるため、獲物は羽ばたこうにも身動きできないのである。

「それっ」

遊猟の隊が慌ただしくなるのは、そこからだ。

鷹が鳥を押さえ込んでいる地点に急ぎ到達するには、枯れ芦や藪《やぶ》をかきわけてゆく。下手をすれば、折れた枝やら茨《いばら》やらで生身まで切り裂かれ、流血の憂き目に遭う。水場を行く場合もあるため、防護のために狩衣《かりぎぬ》を着、厚手の革の袴や、行縢《むかばき》とよばれる鹿皮の足覆いを身につける。

また、鷹狩りの独特の、迷彩性をもつ模様の摺衣《すりごろも》が異彩を放った。専用の身ごしらえで、公許のうえで支給されるため特権的でもあり、それだけに魅力的だった。

見え隠れする鷹の位置を確定するためには、音も頼りになる。鷹の足には猟のこの朝、小鈴が取り付けられており、身動きのたびにちりちりと音を立てた。

鷹が抑え伏せている獲物を取り上げるときには、獲物の胸を小刀で裂き、肝をえぐり出して洗い、褒美《ほうび》として鷹にやる。犬には同じく獲物の鳥の脳を与えた。

鷹狩りの隊は、傍目《はため》には壮美であるが、現場はまさに荒《あら》らかで、凄絶な部分を併《あわ》せ持っていた。

さて。

この貴公子は、彼の血脈を裏打ちするような鷹狩りの遊猟を、したたかにも、ここぞとばかりにしてのけたのであるが、祖先のゆかりの春日の里には、ほかにも特筆すべきことがあった。

この里には、彼と父母を同じくする女きょうだいが住んでいた。

匂うように美しいと評判なのも頷ける。貴公子と同じく、祖先である二代の帝から受けた血はこの上ない。順境であれば、皇族の令嬢として生き、かしずかれているべき女性であった。

が、旧都の寂れた里に取り残されたように暮らしている。

彼が旧都を訪れたのは、あるいは自分と合わせ鏡のような彼女のありさまと向き合いたかったためかもしれない。

——彼女が皇女であったように、この私も、生まれたときには王（皇族）の身分であったのだ……！

一族は、世の波をよそに銀の不思議な船に乗り、果てしない時間の海をわたり続けてきたのではなかったか……？

なのに、永遠に続くかに思われた美しい旅は突如として打ち切られ、兄弟姉妹は光のなかの自足を失った。

もはや取り返しがつかないのは、世間も周知のことなのだ。臣籍に下された貴公子ら兄弟は以降、〝在原《ありはら》〟とつけられた姓で呼ばれるようになってしまった。

王という存在は、姓がないからこそ世間と超絶している。帝の血筋は変わらないのに、姓を賜ったことで皇族とは容赦なく分け隔《へだ》てられ、今後は一生、臣下の身分となり果てた。当代のみならず、子孫もまた未来永劫、在原姓を名乗らなければならない。

そのことに、世情はおおむね同情的であるが、といって過剰に肩入れするまではない。

なぜなら、民らは嵯峨上皇が自らの皇子皇女たちも少なからず臣籍降下させていることを踏まえているからだ。

嵯峨上皇の子女の臣籍降下は、不始末のためではない。皇家にかかる朝廷の費用を減らすための処遇であった。こちらの子女は源《みなもと》という姓を賜っている。

上皇の子女さえ臣籍に下されているのだから、内紛がらみの在原一族に不平をいえる筋合いはない。巷《ちまた》の見方も無理からぬところである。

だが、当の本人たちにしてみれば、にわかに巻き込まれた災いでしかないのも確かであった。

失意のまま甘んじて受容しているが、いまでも割り切れない。

あ・り・は・ら。

貴公子は、内心ではこのわずか四文字を憎んでいるのかもしれなかった。

彼は皮肉にも著名であるが、名があるということについても、極めて微妙であった。胸中では姓に全く馴染むことができず、口にするのも嫌なのである。

ただの男と呼ばれたほうが、ましなほどであった。

同じ憂き目に遭った一族が、この旧都と同じように、失意のなかでくすぶっているのかどうか。貴公子は、苦い事実を眺めようと、女きょうだいの住まいをこっそり窺《うかが》い見てしまったという。

おそるおそる、目を開く。彼女はいた。

血は争えない。その形貌の美しさと物腰の品格は、皇族が重ねてきた雅びやかな月日が育て、洗い上げてきたもので、里の垢抜けなさとは隔絶している。

複雑な思いであった。自分の分身であるとすれば、その際だった美しさが歯がゆくもある。

——断じて、自分は在原某などではありたくない。いまのありかたは、我々にふさわしくない。

女きょうだいを目にした彼は感極まり、心の収まりがつかないので、彼女に歌を書き送った。

歌の構想は、とある有名な歌を下敷きにしていた。

元歌を詠んだのは、彼より三歳年上の御曹司《おんぞうし》、源融《とおる》である。融もまた当代きっての美形であり、ふるまいは雅致《がち》、洗練極まる風流人として万人を熱狂させている。

源の姓から知れるように、融も臣籍降下の憂き目にあっていた。嵯峨上皇の元皇子で、やはり特例として鷹狩りを許され、古くからの御狩場であった宇陀野《うだの》を鷹狩りの地として賜っていた。

境遇がみごとに重なり合っているため、貴公子は鷹狩りのあいだに源融の歌を思い起こしていたのである。その元歌は、巷にもよく知られていた。

みちのくの忍《しのぶ》もぢずりたれ（誰）ゆえに
みだれそめにし我ならなくに

鷹などとは一言も書いていないのに、この歌のどこが鷹狩りを連想させるかといえば、〝もぢずり〟の部分である。〝もぢ摺り〟は、鷹狩り専用に着る例の迷彩的な摺り染め模様の一種であった。

みちのくの信夫《しのぶ》地方の技法で〝しのぶもぢずり〟とよばれるこの模様の染め上がりは、幾本もの筋が絡まりくずれ、複雑にねじれた絵柄になる。地名の信夫は〝忍ぶ〟と読みかえられ、掛詞にして読み込まれている。

（みちのく生まれのもぢずり柄のように、忍ぶ恋に乱れ染まる心は、誰のせいなのでしょうか。私のせいではないのに。きっとあなたという存在のためなのですね）

――融どのは恋の達人として名高いため、恋の歌として読めるが……。

貴公子には、別の思いが込められているのが感じられる。乱れてしまった皇統の悲運がこの歌に歌い上げられているように思えてならないのだ。

（もぢずり染め《皇子であった私がたしなみとして好む鷹狩りにつきものの柄》の、忍ばねばならぬ乱れ模様《臣籍降下された家格のもつれ》は誰がさせたのでしょう。私でないことだけは確かです。《同様に、この身の上も時の勢いであり不可抗力なのです》）

……と。

この融の歌をもとに、彼は女きょうだいに自作の歌を贈った。もぢ摺り柄の狩衣の裾を切り、その布に書きつけたのは、身分を示し、共感してほしいと思ったからでもあろうか。この地に鷹狩りに来たとすれば、彼か、すでに鷹狩りの名手といわれている彼の兄でしかない。いずれにしても同じ家の者である。

かすが野の　若紫のすり衣《ごろも》
　しのぶのみだれ限り知られず

（春日の野辺《祖父・平城上皇が愛した地にして所領》に咲く、帝の御料地《ごりょうち》育ちの若い紫草《むらさき》のように、隔絶して高貴な生まれつきの我々。なのに、鷹狩りの摺衣の錯綜《さくそう》した模様のように、忍ばなければならない身分の乱れは限りのないものですね）

この歌にあえて新たに盛り込んだ紫草もまた、皇家を連想させる草である。

この草が咲かせる花は、女性のたおやかさを連想させる可憐な純白だが、根は紫色の染料となる。同じ染め色を出せる植物はほかになく、貴重な草であるために、紫色の衣服は、皇室、もしくは臣であれば三位以上の者でなければ着ることを許されない禁色《きんじき》でもあった。古代から人の出入りが禁じられた帝の御料地や禁野《しめの》で育ち、許された者にしか採取できない、まさに雲上《うんじょう》の花である。

鷹狩りが彼の境遇を示すのと同様、紫草は女きょうだいの生まれついた禁裏《きんり》を思わせる。

鷹狩りと紫草とを並べて歌に示せば、巷でもおのずとして皇族を暗示する歌意が読み取れるが、源融の歌がそうであるように、恋の歌とも取れる。

同父同母の姉妹へ恋の歌とは妙であるが、上皇への不満と取られかねない本意を隠せるなら、それほど酔狂《すいきょう》であると見られても一興《いっきょう》と思ったのだろうかと、人はいう。

昔の人はこのように、機会を逃さず本意を内示し、上品に装ってみせたものだとも。

【第一章】

二つの不朽の恋のこと

心から業平が恋した女性は二人きり。
いずれも、家運の非業から身分違いとなった格上の人。
彼は恋心の命ずるままに逢瀬を持つが……

【二】西の京の女

さて、平城京を離れ、朝廷は平安京に移り、新たな都づくりが進んでいったが、都の右京《うきょう》と左 京《さきょう》では住み心地が違うことがわかりはじめてきた。

人はこういうようになった。

「右京に家屋敷を建てれば水にやられる」

「盛り土をしても湿っぽい」

「大内裏《だいだいり》（宮 城《きゅうじょう》と朝廷）は丘にあるからいいが、都の南西へゆくほど低くなるからなあ……」

宮城は最北端の山側から張り出した低い段丘に置かれており、高さには問題がない。が、平安京全体は宮城から一段低いうえ、北東から南西へと緩《ゆる》い下りの坂になっている。

朱雀大路《すざくおおじ》を中心に東側を左京、西側を右京と呼んでいるが、豪雨となれば右京では水があふれた。右京をゆく桂川《かつらがわ》の河道は急な弧を描いているため、洪水をたびたび起こし、京都盆地の半分を低湿地にする。左京の鴨川《かもがわ》でも洪水は起こるものの、桂川に比べればましなのは、溢れた水が右京へと下ってゆくためである。右京に初めから沼や湿地が多いのは、自然のなせる技であった。

こうした地形が響き、右京のおよそ三、四割ほどは手をつけられないままとなっている。

西の京の女【第二段】

伝 俵屋宗達「伊勢物語図色紙」(個人蔵)

そんなことから、皇族や公卿《くぎょう》の家屋敷は、しだいに左京の高台に集まるようになりつつあった。

「羨ましい。上の方々のお屋敷はたいてい左京に建てている」

「俺も偉くなったら、左京に屋敷を持ちたいものだ」

そんな愚痴をいい合うのは、朝廷の役人のなかでも位の低い者だった。

「そうとも。それでも、我らの官舎は西の京だから、まともなほうではないか？　朝廷に通うにも近いしな」

〝西の京〟とは、右京のうちのごく限られた部分をさす。右京といっても宮廷に隣接したあたりで、ぎりぎり段丘の上にあたり、水害の影響も被《こうむ》らない。

朝廷に近いのも西の京のよいところで、この一帯には下級役人や朝廷の御用をする者、僧侶、有力者の縁者や愛妾など、上級貴族と何らかの往来が頻繁にある人々が住まうようになってきていた。特権階級から見れば、小市民的な町柄となりだしている。

「だが、あのお屋敷の見事さだけは異色だな」

一人がいい出すと、皆頷いた。

「そうとも。この西の京には、まるで似つかわしくない」

堂宇《どうう》の連なる、ひときわ華麗な邸宅が西の京にある。

「屋敷ばかりか、池泉をめぐらせた庭園も圧巻、百種もの花が着くと申すぞ」

「さすがは西三条《にしさんじょう》どのの邸宅」

何と。

この西の京には、あの藤原北家の実力者の一人、例の鷹狩り嫌いの藤原良相が大邸宅を構えていたのである。

巷では良相のこの大邸宅を西三条殿と呼び、良相のことを西三条どのなどとも称している。

「しかし、なぜあれだけお偉い方が、左京に建てなかったのだろう？」

誰かが首をかしげる。一度は誰もが疑問に思うのだ。

と、誰かが訳知り顔で答えた。

「お屋敷が造られた頃は、まだ町の趣が定まっていなかったのさ。あの三条一坊《いちぼう》あたりまでは丘の上だから水も来ない」

「なるほど、そうか。まあ、そのおかげで西の京にも花の甘い香りがする」

「あの人のことか」

「うむ。彼女の心が磨かれたのは、西三条どのが仏教を信心されているゆかりだろうか」

「それは〝西の京の女〟のことか」

「しっ。西三条どのに聞かれたら咎《とが》められるぞ」

彼らばかりでなく、公達のあいだで、この西の京に住まう世評の高い女性といえば、それは暗に西三条どの――良相――の愛娘をさしている。

指折りの学問好きで幅広い人脈を持つ父のもとで育まれた娘だけに、物腰は洗練されており、心ばえもいい。

姿形の美しさよりも、心の幅と奥行きの深さを感じさせる女性として、憧れる男は後を絶たなかった。

良相は妻一筋で、愛妾を持たない。また君臣の礼を守り、人に施すことでも知られていた。肉食をせず、例の鷹狩り嫌いも仏教の教えに従ってのことであった。

自律が徹底しているだけに、真面目一辺倒《いっぺんとう》で頑固でもあり、筋の通らないことには厳しい。

「あのお父上ではなあ……」

口さがない男たちは、たいてい、そこまでで止める。まず身分が違う。

だが、彼らよりも位の高い公達さえも求愛に怯《ひる》んでしまうのには、もうひとつ、別格の理由があった。

いまの春宮《とうぐう》（皇太子）は、良相の甥にあたる方である。良相の愛娘は、いずれ入内《じゅだい》して春宮の女御となることが内定しているらしいと噂なのだ。

しかも、ことは複雑で、同じ藤原北家でも良相より羽振りのよい兄・良房の娘が、すでに春宮の妃となっているのである。明子《あきらけいこ》というその人は、桜花にもたとえられる絶世の美貌であるうえ、母は嵯峨上皇の元皇女、源潔姫と、申し分のない出自の皇太子妃なのだ。さらに、春宮には心より愛する静子という女性もおり、良相の娘が仮に妃となったとしても、三番手であるだろうことは疑いもない。

一人の独身女性としてであれば、すばらしく魅力的なのに、内々にこのような約束をしているらしいことが高い壁になっていて、彼女は〝独りというわけではないらしいが……〟と口を濁される存在になっている。


ところが。

「あきれたことに、業平どのの牛車《ぎっしゃ》が西三条に向かった」

「何と」

「まことか」

「確かだ」

目立たないようにふるまっても、あの典雅な貴公子のすることは巷に知れ渡ってしまう。瞬く間に噂になった。

「豪胆な……！」

「それは、皇孫のお血筋からすれば、西三条どのより格上だろうが、いまは業平どのも臣籍の身。出世も楽観できぬのに」

藤原北家の令嬢で、立場も微妙な娘に対しては、誰もうかつには動けないところであった。そこへ淡々と乗り込んだのだから、皆があっけに取られたのも無理はない。

早春の一夜である。

その日令嬢と何があったのかは窺いようもないが、彼は何を思ったか、帰り来てから歌を作って彼女に届けた。時は三月一日（旧暦。現在の四月初旬頃）、心を滴《したた》らせるように、春雨がしっとりと降る日だったそうだ。

おきもせず　ねもせで夜をあかしては
　春の物とてながめくらしつ
（起きているわけではなく、といって眠くもない。あれからずっと、春特有の物思いに耽《ふけ》ったり、春の長雨《ながめ》や春の風物を眺《なが》め、夜を明かし暮らしたりしています）

初恋は実らないというが、思いを告《かた》りにいった貴公子にしてみれば、万物が蠢動《しゅんどう》する春に萌《きざ》した自らの心の動くまま、誠実にしたがったまでのことであった。春の思いは、浅く淡いがほろ苦く、夢のように輝いている。

だが、巷はそうとばかりは取らなかったかもしれない。

内々のこととはいえ、娘が約束しているお相手が春宮であっては、世が世ならともかく、怖いもの知らずの貴公子も敵《かな》いようがなかったのか。

あるいは。

娘は彼の意のままにはならず、かえって男の直情を諭《さと》し語ったのではないか。君臣の礼に背かぬ父の教えも身に染みていただろうし、聡明な女性にとって、萌したばかりの若い恋がさせる前のめりの不器用さは少し煙たく、一時の淡い思いはあてにならない。

……等々、さまざまに取る者がいた。

歌に心残りと幾ばくかの諦念《ていねん》が読まれているのは確かである。

「この恋で、彼は思いのままにならないこともあるのを知ったのではないか」と、同じ歌をこう見る者も少なからず、いただろう。

おきもせず　ねもせで夜をあかしては
　春の物とてながめくらしつ

（起きているわけではなく、といって眠くもなく悶々《もんもん》と夜を明かしながら、あなたはあの輝く

ばかりの春のもの《春宮の婚約者であり、私に春の物思いをさせた女性》なのだと眺めて暮らしています）

と。

それにしても、若いときからあの貴公子の恋は危うい。

ではあるが。

藤原北家の権勢をものともせずにふるまい、さりながら風韻《ふういん》を残してゆく男の奔放な恋のなりゆきに、はらはらとしては毒気を抜かれ、目の覚める思いに興趣がつのる。溜飲《りゅういん》も下がり、人々は翻弄《ほんろう》されつつも、胸を躍らせた。

このときの令嬢こそは、その後文徳帝《もんとくのみかど》の女御となった多賀幾子《たかきこ》という人である。

藤原良相の西三条邸が彼女たちの実家（里第《りてい》）として「西京第」とも呼ばれることになったのも、この物語には記されていないが、皆の知るところである。

【三】ひじき藻《も》

かの貴公子は、艶のある柔らかな紙を選んで、歌一首をしたためていた。鮮やかな筆致である。

貴公子が男盛りになるにしたがって、巷では上代《じょうだい》（平城以前の時代）の文芸への憧れがつのる一方だった。男手《おとこで》（真名《まな》・漢字）で書かれていた万葉集の歌の数々が、女手《おんなで》（ひらがな）となって人目に触れだしただろう時期でもある。

「わが主《あるじ》は、さすがに歌の素養が違う」

「平城帝の御孫さまだけに」

「それにしても、上品な紙ではないか」

「うむ。なめらかで華がある」

彼の従者らは、主に呼ばれるのを待ちながら話している。

紙全体が高価で、私的なやりとりに使うのは公達ならではの贅沢である。歌を書くための紙はさらに上質のものが喜ばれる。上代の皇族が思いを告げるときにした雅びな作法のひとつひとつが、この貴公子の身についていた。

「都の賢い女人は、いつのまにやら和歌《やまとうた》に心酔している」

「まさしく。みな、女手の読み書きに夢中だ」

「おまえも歌のひとつも女手で書けなければ、そのうち見向きもされなくなるぞ」

后妃や女御、公卿の令嬢などにかな書きが好まれはじめたので、侍女たちにまで趣向が広がりつつある。

「少し前までは、唐《から》（当時の中国大陸の大国）風ばかりがもてはやされたものだが」

「その通り。嵯峨上皇の御時は、漢詩文の絶頂期であったな」

嵯峨上皇は歌についても唐風を好み、漢詩集を相次いで編纂させた。

都を安定させるためにも唐の技術や知識を取り入れることが必要でもあり、ここ半世紀は渡来の文化が朝廷を彩ってきた。いまだに公《おおやけ》の学問といえば唐のことばや唐の歌——漢詩——である。

ところが、風向きが変わってきている。歳月とともに都もすっかり落ち着き、唐の政情不安や仏教軽視の高まりから、渡唐の熱も冷めてしまった。そもそも遣唐使の主たる目的は仏教の経典請来《しょうらい》や新たな教学を学ぶことであったのに、元も子もない話であった。

「遣唐使が最後に帰国してきてから、もう何年になるだろうか」

「およそ二十年」

年配の従者が答えた。

「嵯峨上皇が崩御されたのもその頃だった。はやふた昔は前か」

そんなことから漢詩礼賛も影をひそめ、かわりに上代には宮廷の晴れの場でも歌われていた和歌が、このうえなく古雅なものとして再び見出されだした。

若手の男が頭をかいた。

「漢詩は難しすぎて。女人を射とめるつもりなら、やはり女手の和歌に限る」

「それどころか、花鳥風月がわからぬ者は不粋《ぶすい》といわれる」

「まことに。だが、歌も詠んでみると使い慣れたやまと言葉のほうが身が入る」

和歌を受容する層が広まったのは、昔から男手で記されてきた和歌が、かなで読み書きされ、女性に広まりはじめたためでもある。

公の場ではともかく、恋愛ごとはいうまでもなく、私的な宴にも和歌の出番が増えていた。

歳月を経て培われてきた甘美な恋の作法や、趣向を凝らした言葉の連なりが古代から匂い立ち、洗練された表現方法として人々を虜《とりこ》にしていった。

「ところで、われらが主はお相手に何を贈られるのだ？」

懸想《けそう》文には歌にゆかりの深い草木を添え、人を介して渡すのである。

「ひじき藻だ。ようやっと手に入った」

贈り物の買い出しを任せられていた男が、得意げに明かした。

「おお」

「何と、それは珍しいお品だ」

「風雅なお人だ……」

皆、賛嘆のため息を洩らした。

干した海藻を内陸の平安京まではるばる運ぶのは大変なことで、都では上流の人の口にしか入らない。神饌《しんせん》にも使われるひじきには品格も伴い、珍重されていた。

捧げられた女性は、あがめられている気持ちにもなったであろう。


さて。

貴公子は分別盛りになっていたが、ある女性に思いを募らせていた。贈り物のひじきに添えて詠まれた歌は、ひたむきである。

思ひあらばむぐらのやとにねもしなん
　ひしきものにはそでをしつつも
（少しでもあなたが私を思ってくださるのであれば、私は雑草だらけの屋外《やと》《庭》で寝てでも

お近くに侍ります。引敷物《ひしきもの》《寝具。ひじきとの掛詞》がなくても構うものか。装束の袖を敷物がわりにすればいいのだから)

女性を仰ぎ見、ひざまずきながらも、逆境をものともしない逞しさと彼女への渇望を見せ、実行のための柔軟性まで添えている。

恋のはじめというものは、確かにこれほど心が逸《はや》るものではあるが、この文がどこに届けられたのかを知った世間は、再びのけぞった。

貴公子が想いをかけたお相手が、またも藤原北家の令嬢だったためである。

「多賀幾子さまのことで、さすがに懲りたかと思いきや……」

「まるで悪びれておられない」

「あれが雅量というものかもしれぬが」

「それにしても、ひやりとする」

今度のお相手にも、皆が気を揉まずにはいられないような家の事情がある。

当世を牛耳る太政大臣といえば、藤原良房であるが、今度のお相手は、その兄、長良《ながよし》の愛娘である。この令嬢は、十五歳の頃に父を亡くしたため、微妙な立場に置かれている。

……というのも、父が亡くなると、彼女の兄の基経《もとつね》が太政大臣の養子となったのだ。

世を思うがままにしている良房ではあるが、男子がなかった。そこで甥の基経を後継ぎとした。こうなると、妹の方にも後ろ盾として良房がちらつく。彼女は極めつきの箱入り娘となり、政略の駒として、いつ何時皇家へ入れられるかわからなくなった。

そこへ、鮮やかにこの貴公子が登場し、当たり前のように心を示してみせたので、誰もが絶句したのである。

「……やはりお血筋がさせることか」

そもそも、藤原北家の祖先、藤原内麻呂《うちまろ》は、貴公子の曾祖父である桓武帝や祖父の平城帝に仕え、重く用いられていた者であった。

世を遡《さかのぼ》れば北家のほうが家臣だったのだし、このときはまだ、皇家の縁も結ばれていない令嬢だったので、貴公子のふるまいは僭越《せんえつ》とまではいえない。挑発的にも見えるが微妙で、胸のすく思いをした者もいた。

状況を知り、同じ歌をこんなふうに取る者も、少なからずいたであろう。


（少しでもあなたが私を思って下さるなら、私は《あなたが太政大臣の監督下にあるという》逆境を歯牙《しが》にもかけません。手立てを工夫して、そばにおります）


と。

これが、その後清和帝《せいわのみかど》の中宮《ちゅうぐう》となって二条《にじょう》の后《きさき》と呼ばれ、高子《たかいこ（こうし）》の名を得た女性との、切なく苦い恋のはじまりであった。

【四】西の対《たい》

梅の香が漂っていた。

外気は冷たく、空には星座が降るようである。

正月というのに、郊外近くへ牛車の伴をさせられている仕丁《じちょう》(下僕)らはこぼした。

「それにしても、遠い」

車は進んでゆく。

吐く息は白く、道はざくざくと、人家の灯りはとうに過ぎ、東に迫る薄墨色の音羽山《おとわやま》だけが途方もなく大きい。

朝廷の行事が多く、少しの時間を割《さ》くのも難しいなか、用務の合間を縫って車を都のはずれに急がせているのは、例の貴公子である。

月は、磨き上げた銀のようにくっきりと輝いていた。そのまま目を閉じれば、これから会うはずの恋人の面ざしと重なる。

――我々は、ほんの数日しか逢えていない……!

現状はどうあれ、この貴公子にしてみれば、逢瀬の数はほんの僅かとしか思えなかった。彼女の断片しか自分のものにしていない気がする。この恋には、どこまでいっても安堵《あんど》というものがなかった。

二人を隔てる藤原北家の圧力は、働かないときがない。結んだ紐がほどかれるように。

――だが、今宵は確かに、あの人は私のものだ。

ともかく、いまは屋敷までたどりつけば逢える形である。

彼女が隠されている東五条宮《ひがしごじょう》は、洛外《らくがい》との境にもあたろうかという、人煙まれな場所にある。

「皇太后（帝の母）さまの御所なのに、ずいぶん寂しい場所だ」

「皇太后さまが添われた仁明帝は、上皇にならずに崩御されたので、お一人のみのご隠居先だからであろうか」

仕丁たちがいうように、東には山裾の野辺が広がり、南北にも人家はなく、誰もが頻繁に訪れられるところではない。

東五条宮の女主である皇太后・順子《のぶこ》さまは、あの令嬢の叔母にあたる。皇太后は北家の出身なのだ。貴公子の恋人の亡くなった父・長良や、太政大臣の良房、鷹嫌いの良相の女きょうだいである。

恋しい人は、この叔母に匿われている。

彼女は本来なら、晴れやかに輝くべき人物なのだ。帝がご臨席になる神事で五節《ごせち》の舞姫にも選ばれた指折りの美女である。

そんな人が、この人里離れたところに置かれているのは、この自分から遠ざけるためなのである。

皇太后の庇護のもとに守られているため、行きづらい。

が、深まっていく恋の思いに勝てず、貴公子は赴《おもむ》いて秘かに通じていた。

皇太后さまは正殿にお住まいで、かの恋人は、渡り廊下で結ばれた別棟の西の対屋《たいのや》にいる。

心が弾み、彼はからだ全体でこの夜を味わおうとしていた。彼女のまばゆさを思い描き、苦しんで上りつめる境地こそ夢と。

が。

何ということか、月夜が照らす対屋は、ひっそりと静まりかえっていた。

人の気配はない。黒い家屋は星の甘美な光を呑み尽くしてしまい、押し黙っている。

貴公子は身をふるわせた。

風景はにわかに変わった。道が閉ざされ、いちばん望んでいたものが去ってしまったことを、冴えきった夜の冷たさが示していた。彼女は別の場所に移されてしまったのだ。

それは突然すぎた。恋人たちがその深みに溺れ、沈んだ逢瀬のように、どこまでも無明《むみょう》であった。

五感を研ぎ澄ましても、漂ってくるのは盛りの梅の香だけである。

――春だというのに……！

いたいけな望みは途絶えた。なぜだか、このうっとりとするような季節が、未来まで続くと思っていたことが悔しい。

このとき、歌は書かれなかった。睦月《むつき》の十日（旧暦。現在の二月中旬頃）ばかりのことだったという。

索漠とした数知れぬ時日が過ぎて、彼の思い人の居所は分かったが、人がおいそれと通えるような場所ではなかった。ついに入内が決まってしまったのである。なおさら胸がふさがり、やりきれなかった。

あれから一年が過ぎた。

西の対【第四段】

伊勢物語図〈部分〉（国文学研究資料館蔵　鉄心斎文庫）

新たな春とは恐ろしいものである。遠い痛恨はつい昨日のことに違いないが、何かひとつの契機で久しい暗闇が打ち砕かれるようにも思い迷わせる。

貴公子があの西の対屋に再び赴いたのは、年が巡って梅の盛りになってからであった。夜空の高みは手に取りがたいが甘く優しく、星辰《せいしん》の光も地を濡らしている。

対峙《たいじ》するつもりであったが、空の屋敷を前に、彼はよろめいた。

何もないことはわかっていた。去年はこの屋敷で睦《むつ》みあっていた二人の幻が恋しい。錯覚でもよいからと、立っては見、座っては見てみるが、去年とは似ても似つかない。

涙がこぼれた。

畳や薄縁《うすべり》（上等な茣蓙《ござ》）も取り払われ、板敷きの間も寒々しい。月が傾く夜更けまでそこにいたのは、荒寥《せきりょう》に身を浸しながら涙する自分の惨めさを眺めたかったからか。

思い出が、火箭《ひや》のように虚空《こくう》を流れた。

月やあらぬ　春や昔のはるならぬ
　わが身ひとつはもとの身にして

《屋敷は変わり果てているが》月は昔のままの輝きに見える。だが、やはり昔の月ではないのだろうか。不変に見える春も昔の春とは違っているのだろうか《あの人も昔のあの人ではないのかもしれない》。私自身は昔ながらの《ただあの人を恋う》私でしかないのに）

貴公子の出自を考えれば、この事の運びは不遇である。美しい恋情の歌は、さらに悲しくも受け取れた。

（月は昔の月ではない。春も昔の春ではない《昔は雲上にいた私も、いまはそうでない。世の中も、私が皇家の者であったら望めただろう春の如き世ではない》。私自身は身も心も昔のままなのに《あの人は雲上の人となり、私は臣籍降下の身の上に甘んじなければならない》）

彼は永劫《えいごう》とも思える万物に甘え、だだをこねる子どものように泣いた。夜の腕《かいな》はいたわる母のように傷ついた男をかき抱き、ほのぼのと明けていった。

だが万物も移りゆき、やはり明け方には彼も帰っていったのだとか。

【五】関守《せきもり》

貴公子は、この東五条宮にたいそう忍びやかに通っていた。

秘密の逢瀬《おうせ》であるので、門から入ることはもちろんできない。子どもらが蹴り広げたふうの築地《ついじ》（土塀）の崩れがあり、そこから訪れたのである。都外れで、人がしきりに通るわけでもなく、好都合だった。

ところが、逢瀬が度重なったので、屋敷の主人である皇太后が聞きつけるところとなり、例の通い路《じ》に、いかなる夜にも番人が立てられてしまった。

何度足を運んでも立ちはだかられて、逢えずに帰るはめになった貴公子は、困り果てて詠んだ。

人しれぬ　わがかよひぢのせきもりは
よひよひ（宵々）ごとに　うちもねななん
（人の知らない我が通い路を塞《ふさ》ぎ阻《はば》んでいる関守には、夜ごとにうたた寝をしていてほしい）

この歌で貴公子の状況を知った恋人は、心を病んでしまった。彼女の様子にいたたまれず、皇太后は彼らの逢瀬を許してしまったそうである。

この恋人は、いうまでもなくのちに清和帝の女御になった二条の后・高子さまである。

彼女のもとに貴公子が忍び通っていたことが世間の噂になったので、彼女の兄さまの藤原国経《くにつね》や基経が、妹を守ろうとして警備の人を置いたということだ。

察するに、皇太后は以前から恋人たちの事情を察し、温情でお目こぼししていたらしい。だが、兄たちに知られ、警固の者さえ立てられたとなれば、皇太后も表向きには貴公子を阻む形をとるしかない。

だからこそ、彼の歌は、暗に皇太后に向けて詠まれたようでもある。

（人が知らない我が通い路を守ってくださっていた関守《皇太后》には、夜ごとにうたた寝《黙認》をしていただきたいものです）

関守【第五段】

スペンサーコレクション　伊勢物語絵巻より　SPENCER COLLECTION
『ISE MONOGATARI EMAKI』/NYPL DIGITAL COLLECTION

歌の意を汲み、ほだされて情けを感じたからこそ、皇太后はその後、二人の間柄を黙許《もくきょ》していたとも思えるのである。

【六】芥川《あくたがわ》

そもそも、容易に得がたい恋をした彼らには、伏線となるできごとがあった。

彼女がまだ世慣れせず、無邪気な童心を残しながらも、知り染めた恋に艶やかな羽を展《ひろ》げかけていた頃のことである。

すでに美貌は知られていたが、叔父の意向で皇室との縁組みを免《まぬか》れがたく、暗黙の了解で、近寄る公達はいなかった。

「だが、業平どのだけは……」

「うむ。制約など知らぬげなのは、高雅であるゆえか」

「世が世であれば、釣り合いもしたであろうが」

令嬢は婚期を迎えかけていたが、叔父の藤原良房は姪を政治的に利用しようと気長に時機を選んでいた。

そこへ。

巷の人がいうように、際《きわ》だった血筋の貴公子は恬《てん》として求婚を続け、ついに思いが通じてしまった。

恋しい思いは抑えようもなくなった。見えざる力に突き動かされでもしたように、貴公子はごく自然に彼女を抱え上げ、あれよあれよというまもなしに、屋敷を飛び出してしまった。

この瞬間の二人は、どんなに幸せだっただろう。

何も目に入らない。何も聞こえない。男は女をかき抱き、女は男の腕のなかにただ身を委ねた。

がんじがらめの枠から解き放たれたことで万能感が増し、いちどきに千百もの夢が現れる。瞬時のうちに、彼らは永遠の自在を恍惚《こうこつ》と味わった。

——妻にするため逃げたのか？　いや、違う。

貴公子は自分の心を覗く。

——私はこの人を無形の威迫《いはく》から解放し、自分も自由になりたかったのではないか？　免れがたい浮世の定めや、変えがたい血筋の束縛からも解かれて、ただの二人でいたいのだ……！

契りはありとあらゆる種類の隔《へだ》てを超越する。それは、惹かれあう一対がいつの世でも繰り返す、本能の境地でもあろう。

汚れのひとつも見当たらない、雅びな装束のまま飛び出した彼らが暗くなってからようやく行き着いたのは、とある河原であった。

河の名は芥川という。


さて。

この芥川と名付けられた舞台こそは、彼らがやがて朽ちてしまっても、不滅の絵巻となって後世、万人の脳裏に刻まれた恋の極致である。

芥川とはどういう河か、名の由来を心得ておかなければ、この見せ場を味わうことはできない。

芥川は――架空の名にせよ実在にせよ――その名を聞いただけで、人が不安感を覚え、眉を曇らせるような場所である。

水が出やすい湿地のことを悪土（あくと）という。悪土とはまた、流れが芥（あくた＝ごみや塵《ちり》）を集め、たまりやすい場所を指すともいわれる。芥川の河原もその名の通りで、泥と細かな木石がたまり、足元はぬかるんでおぼつかない。雑多なごみもたまり、嫌な匂いもしたであろう。

この河の命名によって、この先二人が陥《おちい》る難局は示されたのである。


足元は、泥の巻きつく悪路である。深窓の令嬢に歩けるわけもなく、彼は愛する人の足が濡れないように、柔らかい体を背負った。温かい腕がまといつく。

黙っていても、互いのぬくもりが快い。思えば、このときこそが、彼らにとって二度と戻れない高みであったのかもしれない。

運び、運ばれているというより、恋人たちはただ金の輝きを放ちながら、ふわふわと輪舞《りんぶ》した。重さも苦しさも、どんどん増してゆく。なのに、苦しく思えば思うほど二人は睦《むつ》みあい、困難に立ち向かうために渾然一体《こんぜんいったい》となった。

一瞬たりとも離れたくない。

「ね、あれは何？」

恋人は、美しいものに目をとめて尋ねた。草の上で露が光っているのを見つけ、同じ目線を確かめ

芥川【第六段】

伊勢物語図〈部分〉（国文学研究資料館蔵　鉄心斎文庫）

たかったのだろうか。

ところが、心当たりの場所はまだまだ遠かったし、夜もふけてきた。何よりもまずいのは、この先に鬼が住んでいることを、彼が知らなかったことである。

刻一刻と、雲行きは怪しくなってゆく。広い空には黒雲が毒々しく流れ出し、閃光は天を裂き、剝《はく》落《らく》させんばかりである。雷《いかづち》は地にとどろき、人智の及ばぬものへの畏怖をかりたてた。つぶてのような雨が河原をえぐり、川面《かわも》との境もわからない。

——ああ、急がなくてはならない！

男のほうは女を守るために必死で、答えるどころか口もきけない。

そこへ。

倉が目に入った。扉を確かめると開いていたので、これ幸いと、彼は恋人が暗さを怖がるのも構わず奥へと押し入れ、自分は弓支度《じたく》をして戸口を守った。

「なんとか早く夜明けになってくれないかしら……」

あまりの心細さに彼女は祈り続けた。男は番をしてくれているが、明かりの用意もあるわけがなく、倉の奥は漆黒の闇で、頼みの綱である彼の姿さえも見えない。

「あっ……？」

と、彼女が異変に気づき、驚愕して大声を上げたときにはすでに遅く、にわかに現れた鬼が女を呑み込んでしまっていた。

ここは鬼の棲み着いていた倉であった。考えてみれば、大切なものを保存している倉の扉が開いているわけがない。霊屋《たまや》か古廟《こびょう》か。神と人とを結ぶ狭間《はざま》に鬼が寄りつくのは常のことである。

無念にも、彼女の悲鳴は雷鳴《らいめい》にまぎれて届かなかった。

わずかずつ夜が明けゆく頃に男が倉の奥へと目をやると、確かにそこへ連れて来たはずの恋人の姿は消えていた。

あまりのことに地団駄《じだんだ》を踏み、泣いたが、その甲斐もなく、いまさら何ともしようのないことであった。無力感に襲われる。

しらたまか　なにぞと人のとひし時
つゆとこたへて　きえなましものを
（《草に置かれた露を》何かしら？　真珠かしら？　とあの人が問いかけてきたとき、あれは《美しいがいずれは消える》露だと答えて、一緒に消えてしまえばよかったのに）

この奇なるできごとは、例の令嬢——その後二条の后となった高子——が東五条の御所に匿《かくま》われるより数年前の話である。

この頃、令嬢は明子さまという従姉妹のもとにいた。

この従姉妹は例の太政大臣・良房が溺愛する実の娘で、すでに文徳帝の女御となり、帝とのあいだに皇太子を儲けていた。

高子の美貌が並外れていたので、良房は自分の孫でもある皇太子のお相手にしようと策謀していたようだ。

明子さまの傍に置き、仕えさせていたのは、そのためでもあるだろう。皇太子はまだ幼なかったうえ、令嬢のほうが八歳も年上で、似つかわしくなかったが、権勢のためには無理をも通す大臣である。

それを知ってか知らずか、例の貴公子が恋人を衝動的に屋敷から連れ出し、背負っていたのを、彼女の兄さまの基経や国経が取り返してしまった。

泣いていた妹を無体に取り戻した彼らのことが、前記のような鬼になぞらえて語られたのである。

例の貴公子と令嬢の叶わぬ恋模様は前段や前々段の通りで、ついには良房の描いた構図のとおり、彼女は貴公子とは引き離されて、清和帝に入内させられた。その後に成した皇子が天皇（陽成帝《ようぜいのみかど》）となったので、二条の后と呼ばれた。

兄の基経は良房の跡を継いで太政大臣となり、さらに摂政《せっしょう》にまで任じられ、堀河の大臣と呼ばれた。国経もこのできごとの頃は官位の低い者であったが、後に公卿となり、大納言《だいなごん》に昇進している。妹が皇家に入ったことが、兄らにとって有利に働いたのは確かだ。

時の彼方に苦しくも美しく横たわるこの事件は、時間にすれば短かかったが、意味に満ちて重たく、恋人たちのその後を長いこと支配した。

二人の胸に刻まれた不朽《ふきゅう》の恋の華に比べれば、ほかの語りぐさなどは、結局は忘れられがちなのではなかったろうか。

【第三章】

恋からの離愁・東下りの旅路

恋に破れた業平は都を離れて傷心の旅へ出る。
夢のように遥かな東国へ遠ざかりながらも、
常に思いが戻るのは都のあの恋人のもとだった……

【七】かえる浪《なみ》

波音がしている。

一行は、伊勢《いせ》（現在の三重《みえ》県あたり）の海べりを東へ向かっている。

馬上の人は瀟洒《しょうしゃ》な烏帽子《えぼし》姿で、上質な絹の旅装が浜の陽射しを柔らかに照り返している。従者らの装束も武具も、それぞれが都ぶりの意匠を凝らしたもので、人目を惹いた。

旅の主は、かの貴公子であった。

引き裂かれた恋の痛手は大きかった。権勢との軋轢《あつれき》もあり、都にいても悲嘆の声が我知らず出てしまうほど辛くなったこの貴公子は、東国に赴こうとしている。

遠浅《とおあさ》の海が美しい。干潟《ひがた》をいくつも過ぎたとき、案内人がいった。

「伊勢の浜はここまでで、あれを渡りきった先が尾張《おわり》（現在の愛知《あいち》県西部あたり）でございます」

一同は行く先に目をやって呻《うめ》いた。

見渡す限り、途方もない砂州と湿地帯が広がっている。伊勢と尾張とは、いずれも大河である広野川（一部は境川。いまの木曽川）・長良《ながら》川・揖斐《いび》川の三川が合輮《ごうじゅう》して織りなした河口の、砂州を含む広大な江に隔てられているのだった。

「これでございますから、かねてより、伊勢はまだ王朝の内側、向こう岸の尾張は都のおわりの地なともいわれるのでしょうな」

上代王朝の支配が及んだ終端《しゅうたん》から先は、東国の気配がより濃くなってゆく。都もここまであったかと思うと、いっそう望郷の物思いがつのる。

——上代の帝であった聖武帝《しょうむのみかど》も、都から東国に行こうとされたが、美濃から先には赴かれずに、思い直したように戻られている。この伊勢と尾張のあわい（間）のあたりでは都を想慕し、残してきた皇后に思いを馳《は》せておられたのだ……。

貴公子は、自らの遠い祖でもある聖武天皇の御歌を思い出していた。

妹に恋ひ　吾《あが》の松原見渡せば
潮干《しほひ》の潟に　鶴《たづ》鳴き渡る

（《妻である》あなたを思い、伊勢の名勝〝吾の松原《私が待つ原》〟を見渡すと、遠浅の干潟を、鶴が《都の》妻を慕って鳴きながら渡ってゆく）

万葉集のこの御歌を自らの恋と重ね合わせて眺めると、白い鶴（たづ）こそいないが、波が真白く立つ（たつ）のが見える。

浪は、彼がすでに背にした干潟の方に寄せてゆく。あたかも、白浪が都を慕って帰るかのように見えたので、彼は駒《こま》を降り、自らも一首を詠んでしたためたのである。

いとどしく　すぎゆくかたのこひしきに
　うら山《やま》しくも　かへるなみかな
（遠浅の海が、現れては矢継《やつ》ぎ早《ばや》に過ぎてゆく。いったんは離れたその潟へ《片恋をしていたあの頃へ、そして恋しい人のいる都の方角へ》帰れるあの浪がうらやましい）

【八】浅間《あさま》の嶽《たけ》

貴公子は、やはり、あれだけのことがあった都では所在なかったのだろうか、東国の方に身の置きどころを求め、一、二人の友と連れ立って赴いた。
信濃国《しなののくに》（現在の長野《ながの》県）の火山、浅間の嶽に煙が立つのを見た彼は、詠んだ。

しなのなる　あさまのたけに　たつ煙
　をちこち人の　見やはとがめぬ
（信濃にある浅間山の嶽に立つ噴煙を、彼方此方にいる人らは気づいても見過ごす（注視しない）のだろうか。《もしそうであれば、私の燃えるような恋も見過ごして欲しかった》）
歌に詠まれた火山の噴煙は、古来、燃え立つ恋の熱い思いにも喩《たと》えられている。

妹《いも》が名も　我が名も立たば　惜しみこそ
　富士の高嶺《たかね》の　燃えつつ渡れ
（私とあなたのことが噂になっては残念だからこそ、富士の高嶺のように心だけを燃やしつつ過ごしましょう）

上記の歌をはじめ、貴公子の記憶には万葉集の類歌が多くあるので、浅間山の煙を見ても、心を焦がした恋を周囲に責められたことを連想してしまう。

東方にいくら足を向けても、目に入るもののすべてが、忍びつつ燃え続けた都での恋を思い出させた。

【九】東下《あずまくだ》り（八橋《やつはし》／宇津《うつ》の山／富士の嶺《ね》／隅田川《すみだがわ》）

「迷うのもよいものだ」

と、貴公子がいったかどうか。

素養も感興もともにする友ら一人二人と連れ立ち、東国に住むべき国を探し求めに行こうというだけで、あてどもない旅である。

――都には、身も心も置きどころがない。

都では、我が身が虚《うつ》ろに思えるのである。

一行のなかには、道を心得ている人がない。

というのも。

公務で東国に向かうような堅物《かたぶつ》ならば、官道を外れず地道に向かうのであろうが、興趣に惹かれる彼らが辿《たど》るのは、夢路のようにさまよいがちの道である。

旅の彼らは、時に道を見失うが、かわりに何かを見つけようとしている。

三河国《みかわのくに》（現在の愛知県東部あたり）の八橋という地に至ったのも、彼らの感性ならではの巡り合わせであっただろう。

不思議なうえにも不思議なところだった。水ゆく河が八つの方向に分かれ、蜘蛛手《くもで》のように見える。瀬ごとに八つの橋を渡してあり、まさに異境の絶景である。

あるいはどこかに湧水でもあるのだろうか、蜘蛛の胴にも見える部分でいったん水がこんもりと積もって漲《みなぎ》り、流れはひたひたと、八本の足先へと進むようでもあるし、逆のようでもある。

「おお」

「何と……！」

彼らが目を奪われたのは、水の発源の地の如く底明るい沢のほとりに、杜若《かきつばた》の群生がまばゆいばかりに咲き誇っていたためである。

「あれらは、まさしく女人の風情」

「我が思い人か」

杜若は、若々しく美しい恋人や友を連想させる花である。馥郁《ふくいく》とした下ぶくれの頰《ほお》に、柔らかく咲き初めた唇。紫色の花弁は高貴さの証でもある。大ぶりの花一房《ひとふさ》を、首から下が華奢《きゃしゃ》な体が支える頼

八橋【第九段】

伊勢物語図〈部分〉（国文学研究資料館蔵　鉄心斎文庫）

りなさと稚気、それでいて勁《つよ》そうな茎、振る袖のようにたなびく葉叢《はむら》。それぞれに眩しい女人たちや友人がふいに現れたようで心が離れがたく、彼らは馬を下りて軽食を取った。

杜若に見惚れながら、誰かが言いだした。

「〝かきつばた〟の五文字を各句の頭に置いて、誰か旅の心を詠めよ」

言葉遊びがはじまったので、貴公子はこう詠んだ。

から衣《ごろも》　きつつなれにし　つましあれば
はるばるきぬる　たびをしぞ思（ふ）

（唐衣《からごろも》《舶来の高級な上衣》を着て睦まじく寄り添っていた妻が《都に》いるからこそ、ずいぶん遠くに来てしまったと、旅に物思いをするのだなあ）

歌の名手とされるこの貴公子は、さらりと詠んだが、その実、遊びの技巧は常人の域を超えていた。衣服にまつわる掛詞は〝なれ（馴れ・褻《な》れ）〟、〝つま（妻・褄）〟、〝はるばる（遥々・張る張る）〟、〝きつつ（来つつ・着つつ）〟、〝来ぬ・絹〟と何種にも及んでいる。

美技をこらした歌であることに一同が瞠目《どうもく》したのはいうまでもない。だが、何よりも彼らは皆、杜若の風情に恋しい人の面差しを重ね合わせていたので、それぞれがにわかに涙をこぼした。

彼らの手弁当は、旅路を携えて歩くのにふさわしい乾飯《かれいい》（乾した携行食）であったが、涙はその飯に落ち、飯は湿ってふやけてしまった。

そうこうして行くうちに、駿河国《するがのくに》（現在の静岡《しずおか》県東部、中部あたり）に至った。

「この先は、屈指の難所だというぞ」

「宇津の山か。遭難する者も多くあると聞く」

宇津の山は、東国に向かう道での最難関とされ、都にも評判は伝わっていた。

「山は峻険《しゅんけん》で谷は深い。沢も急湍《きゅうたん》で、足を取られるそうな」

近づくにつれ、詳細な評判も耳に入り出す。

ここぞと示された口よりいざ入ろうとしてみると、いかにも心細かった。

取るべき道は、藪《やぶ》のわずかな切れ目にしか見えない。合点がゆかないのは、人の通い路にしてはすでに蔦《つた》や楓《かえで》に覆われ、鬱蒼《うっそう》としていることである。

「まことにここか？」

目を凝らしても、僅かな踏み跡も見えない繁りようで、みな馬を下り困惑した。

貴公子をはじめ、公達は例の如く、場にふさわしからぬ雅美ないでたちである。

「馬は曳いてまいります」

従者がいう。それは、公達らが徒歩で山路を越えなければならないことを意味していた。

「先頭の荷運びの者に、鎌を持たせて切り開かなければ進めないと存じます」

人通りが絶無なはずはないのだが、それにしては蔦が密生している。怪異がなせる技で、この山だけは蔦も楓も意志を持ち、目にも止まらぬ速さで触手《しょくしゅ》を伸ばし、人の入山を拒もうと、そのつど道

宇津の山【第九段】

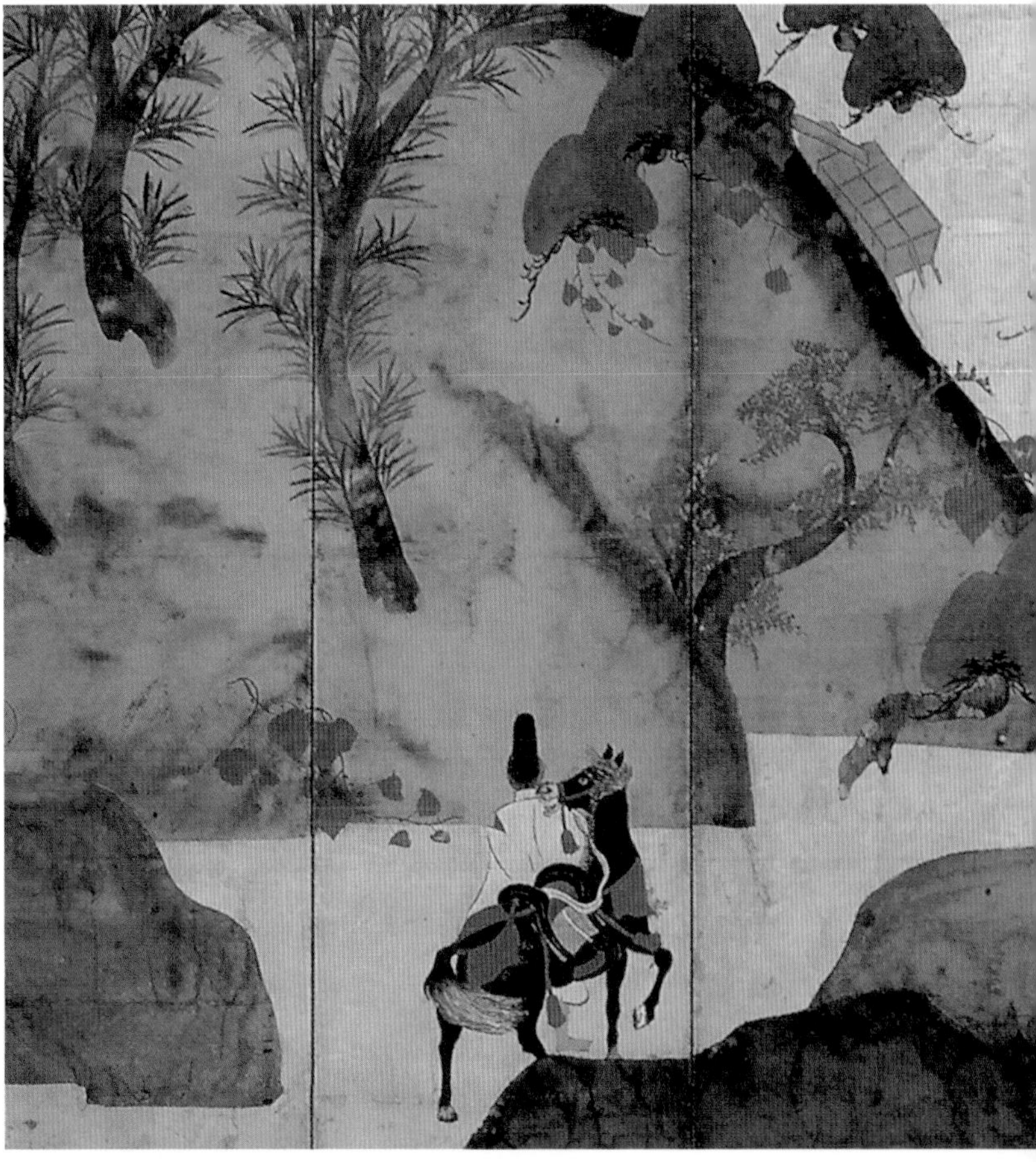

深江蘆舟「蔦の細道図屏風」（東京国立博物館蔵）
Alamy／PPS通信社

を閉ざすのではないか。

そんなことさえ思わせた。

——この先は、異界《いかい》ではないのか……？

宇津《うつ》の山の名も、虚《うつ》なのか現実《うつつ》なのか。あやかしにさえ思えてくる。

山は人を葬る場所であり、山路は黄泉《よみ》への道でもある。暗い細道が魂の行く末までを思わせ、まさかの事さえあるのではと、貴公子は身震いをした。

……と、そこへ。

「なぜ、あなた様がこんな道にいらっしゃるのです？」

と声が掛かったので見ると、修行者《すぎょうじゃ》であった。

見た顔だ。

山で修験《しゅげん》をする人だけに、身拵《みごしら》えも道具も、生き抜く智恵に満ちたものを身につけている。

活気ある知人の姿を見たことでようやく気を取り直し、彼は都の恋人への手紙をしたため、修行者に托《たく》した。

するがなる　うつの山べのうつつにも
ゆめにも人にあはぬなりけり
（あの駿河の宇津の山辺というのは、《周知の通り険《けわ》しく、人が入りにくいので》現実にも夢にも人に会わないところですよ）

歌の仮の姿は旅路の報告だが、歌の心は誰にとっても露《あら》わであった。生身とは別に、魂は浮遊してさまよい歩くものだと、皆が信じている。眠っているあいだに、魂は思いを遂げる。恋しい人を懸命に思えば、自分の魂が相手の許《もと》に行き、姿が恋人の夢に現れる。同じように、相手が強く思ってくれていれば、相手の姿が自分の夢に現れる。

現《うつつ》の逢瀬が無理なら、夢で魂だけでも行き通わせたいのは昔も同じで、夢とうつつは一対になり、神代《かみよ》から数々の恋歌に詠み込まれてきた。

貴公子の手紙の歌に掛けられた思いは、魂の逢瀬に来てくれない相手への甘えであり、下記の如き弱音であった。

（あの駿河の宇津の山辺におり《話に聞く難路に直面して何があるかもわからない。そんなときなのに》、現実にはもちろん、あなたは夢にも現れてくれない。もう愛してくれていないと思うと辛い）

さて、富士山《ふじのやま》はといえば、万葉集にも〝燃える山〟と詠まれ、火山として知られている。平安の新都になってすぐにも、噴煙がひと月以上続く噴火を起こしている。

噴火のときには紅《くれない》の光が天を照らしていたと都にも伝わっているが、これは貴公子が生まれるふた昔は前のことで、その後は少し鎮《しず》まっていた。

彼が目にしたのは、火山といっても落ち着いた富士山の姿である。実をいえばこの後まもない数年のうちに、貞観《じょうがん》大噴火と呼ばれる、歴史的にも最大規模の噴火があり、ひとつの湖が溶岩流で埋め尽くされてしまったほどなのだが、このときの旅人たちには知るよしもないことであった。

ときは五月末（現在の六月末から七月中旬頃）、暑い盛りであった。にもかかわらず、富士の山頂には本当に白い雪が残り積もっている。

時しらぬ山はふじのね　いつとてか
かのこまだらに　ゆきのふるらん

（時節を知らない《神さびた》山といったら富士の嶺《ね》だ。《地上はこんなに暑い夏なのに》いまをいつだと思って雪が鹿の背の模様のように斑《まだら》に降り積もるのだろうか）

富士のその山は、輪郭の通りに重ね積んだら、都では高山の比叡山《ひえいのやま》が二十入るほどに大きい。形は、塩を焼く土器の「しぼしり（土器の底部——末《しり》・尻《しり》——を絞った）」とでもいうべき型（を逆さにしたとき）に似ている。

平城の頃までは見かけられた製塩土器で、逆円錐形の鉢の底部を絞った擂鉢《すりばち》形の土器である。この土器を五徳にかけて塩を焼き、そのまま流通容器ともなった。

さらに進み進んでゆくと、またも難関が控えていた。

富士の嶺【第九段】

伊勢物語図〈部分〉（国文学研究資料館蔵　鉄心斎文庫）

彼ら一行がいるのは、行く手を悠然と阻《はば》む大河の、武蔵国《むさしのくに》(現在の埼玉《さいたま》県、東京《とうきょう》都、神奈川《かながわ》県の東部あたり)側のほとりである。この国まで来たというだけでも、思い切った旅程であった。

近年のことだけをいっても、賊を取り締まる筈の国司《こくし》が自ら乱を起こしたり、賊徒《ぞくと》が出没し、検非違使《けびいし》(警察官僚)が武蔵国に限り地域別に配置されたばかりであった。

「ずいぶん遠くまで来てしまったなあ」

「限りなく遠い」

愚痴ばかりが出る。

目前は、滔々《とうとう》とゆく大河の流れに遮られている。

渡るつもりで来ているのであるが、向こう岸にあるという下総国《しもうさのくに》(現在の茨城《いばらき》県西部と千葉《ちば》県北部あたり)は、遙か遠くに霞んでいる。下総国は広く、十を超える郡があると聞いているが、武蔵国よりいいとは限らない。風聞も少なく、彼らにとっては心もとない。

無情にも思える浪の高さを乗り切って渡っても、恋人が待っているわけでもないのだ。

「日が暮れちまうぞ。早く乗ってくれ」

渡し守に急《せ》かされて何とか船に乗ったまではよいが、皆滅《めい》入り、都に残してきた人のことばかりが思われる。

と、そこへ。

都では見たことのない鳥が現れ、水上を遊飛しつつ、魚を狙い攫《さら》った。体は白く、鴫《しぎ》ほどの大きさで、嘴《くちばし》と脚部が赤い。

「何という鳥だ?」

隅田川【第九段】

伊勢物語図〈部分〉（国文学研究資料館蔵　鉄心斎文庫）

渡し守《もり》に尋ねると、彼はきょとんとした。

「驚いた。あんたら都の人なのに知らないのかい？　宮こ鳥《みやどり》だぞ」

それを聞いて、貴公子は詠んだ。

名にしおはば　いざ事とはむ　宮こ鳥
わがおもふ人は　ありやなしやと

（鳥よ。お前が都という名を背負うほどの者なら、尋ねてみたい。私の思うあの人は無事か、そうでないかと）

船上の都人らは皆、感極まって泣いてしまった。

【十】田面《たのも》の雁《かり》

気ままなそぞろ歩きで武蔵国まで来た貴公子は、旅の気分のまま、その国のある女性と契ろうと近づいた。

彼女の父親は、別の相手と結婚させたく思っていたが、母親のほうは身分の高い貴公子にぐんと心が傾いていた。

父親は貴族ではなく、母は藤原氏の出だったのである。素性からして、娘は貴族に妻《めあわ》せたいと思ったのだ。

この母親が、婿さま候補と見込んだ貴公子に歌を詠んでよこした。この家族の住まいは、いるまの郡《こおり》のみよし野（現在の埼玉県坂戸市南東部）の里であった。

みよしのの　たのむのかりもひたぶるに
　きみが方にぞ　よるとなくなる

（みよし野の田面の雁《あなたと夫婦になることを頼みにしている我が娘》も、ともかくあなたの方に《心が》寄るとひたすら鳴いています）

雁のつがいは睦まじく、生涯連れ添うとみられることから夫婦にたとえられる。田などの水場では互いに寄り合う姿がほほえましく見られ、その鳴き声は男女の呼び合いや妻問《つまど》いに通じるとされている。

婿さま候補者（貴公子）の返歌は下記であった。

わが方に　よるとなくなる　みよしのの
たのむのかりを　いつかわすれん

（私のほうに寄ると鳴いているみよし野の田面の雁《寄ってくるつがいの相手》をいつ忘れるでしょうか。だいじょうぶ、ちゃんとわかっておりますとも）

他所《よそ》の国にきても、当意即妙の歌の贈答をするふるまいは、なおやまなかった。

【十二】雲居《くもい》

東国へいったときに、貴公子は都の友だち等に、こんな歌を寄せてきた。

わするなよ　ほどは雲ゐになりぬとも
　そらゆく月の　めぐりあふまで

（旅する私との距離が、雲にいるほど遠く離れてしまったとしても、その雲に月が巡りあうときまで、忘れないでほしい）

雲居は、遠くにいることの喩《たと》えだが、雲は天上のものなので、雲居は禁裏にいることをも指していう。貴公子は友だちを介し、例の恋人にこう呼びかけたのかもしれない。

（あなたは宮中にいる方になってしまった。それでも、夢のように歩いている私が遠いあなたに巡り遇《あ》うときまで忘れないでほしい）

【十二】武蔵野《むさしの》

武蔵野には、見渡す限りの薄《すすき》や萱《かや》の原が広がっている。都にも伝わる通り、馬の名産地でもあるので、馬の食《は》む草が育てられており、密生した薄原は背丈の倍ほどもある。

貴公子が、ある人の娘を親に内緒でこの武蔵野に連れ出した。嫁盗みといって、恋人たちにはよくある習俗だったが、親に内緒だったので、親が慌てて娘を探したのである。

国司が乗り出してきて、尋ね人となり、捕えられてしまった。

彼は都ぶりが目を引くので、隠れきれないのである。

貴公子は叢《くさむら》のなかに女性を隠しおき、自分だけつかまった。

その一件が誤ってどう伝わったのか、道を来る人が「この野に盗人の賊がひそんでいるらしい」と騒ぎ、いぶり出すために追手《おって》が野焼きをしようとした。

隠れていた女性もこれにはたまらず、悲嘆の声を上げ、歌を詠んだ。

　むさしのは　けふはなやきそ　わかくさの
　　つまもこもれり　われもこもれり

(若草のような私と恋人が隠れている武蔵野を、今日だけは焼かないでください)

馬に草を食ませるために、武蔵野では春たけなわになる前に野焼きが行われる。草木が育つに任せ

武蔵野【第十二段】

伊勢物語図〈部分〉(国文学研究資料館蔵　鉄心斎文庫)

て森林となっては飼料とならないので、木や枯れ草とともに害虫をも焼き払って肥料とし、春の若草の発芽を盛んにする。

伸び盛りのまだ若い草を焼くものではない。この歌はそれらを踏まえて詠まれた。

歌が聞こえたので、国司らは女性も見つけ、貴公子とともに連れて去った。

【十三】武蔵鐙《あぶみ》

都の恋人のもとに、武蔵にいるあの貴公子が手紙を寄越した。

「申し上げるのも恥ずかしいのですが、手紙を出さずにあなたと消息が通じないのも苦しいので」

とあり、手紙の表書きには「むさしあぶみ（武蔵鐙）」と書いてあった。

恋人は、この表書きで彼が浮気をしていることを知らされたのである。

というのは。

鐙とは、馬に乗っているとき体重をかける足掛けのことをいう。馬の鞍《くら》から左右に垂らして使い、両側に足を掛けるので、鐙といえば、二股《ふたまた》をかけることに通じた。

武蔵で気持ちが揺れていると伝えてきながら、その後何の音沙汰《おとさた》もない。

そこで、恋人は歌を返した。

むさしあぶみ　さすがにかけてたのむには
とはぬもつらし　とふもうるさし

（武蔵でほかに惹かれる方がいらっしゃるようでは、刺金《さすが》《鐙を鞍につなぎ止める金具》を頼りにして私との繫がりを信じたいものの、さすがにあなたの消息を聞かないのも辛いですが、聞くのも嫌になります）

貴公子は、この歌を見ただけに、いっそう耐えがたい気持ちになった。

とへばいふ　とはねばうらむ　むさしあぶみ
かかるおりにや　ひとは死ぬらん

（手紙を差し上げて様子を問えば、嫌になるという。といって、問わなければ恨むのですよね。武蔵鐙のようにどっちつかずのこんなとき、人は悶々《もんもん》として死んでしまうのではないかな）

【十四】くたかけ（家鶏《くたかけ》）

深くも考えず、貴公子は陸奥国《むつのくに》（現在の茨城《いばらき》県北西部、福島《ふくしま》県東部、宮城《みやぎ》県、岩手《いわて》県南部あたり）にたどりついてしまった。

都の男は、そもそも珍しく思えるのだろうか、地元の女性が彼に夢中になって同衾《どうきん》をせがんだ。

さて、この女性ときたら。

中々《なかなか》に　こひにしなずは　くはこ（桑子《蚕》）にぞ
　なるべかりける　たまのをばかり
（なまじっか恋に死んだりするくらいなら、《しきりに交尾をする、あの》お蚕《かいこ》さまにでもなったほうがいい。命は短いのだから、ほんの少しの間だけでも）

歌までもあっけらかんとして田舎ふうである。さすがにほだされたのだろうか、彼は一夜をともにした。

が。

雄鶏《おんどり》が夜明けを告げる頃まで一緒に過ごすのが愛を交わすときの礼儀なのに、彼が真夜中のうちに早々と家を出てしまったのは、興ざめしたからであったが、おめでたい彼女は、

夜もあけば　きつにはめなで　くたかけの
　まだきになきて　せなをやりつる
（ウチの家鶏《くたかけ》め。夜が明けたら桶にはめずにおくものか。まだ夜明けも来ないうちに鳴いたもんだから、あの人を追いやってしまったじゃないか）

と、生活感たっぷりの的はずれな解釈を口にしていたのも滑稽であった。さらには、彼がいよいよ京へ去るにあたり、

くたかけ【第十四段】

伊勢物語図〈部分〉（国文学研究資料館蔵　鉄心斎文庫）

くりはらのあれは《ね》の松の人ならば
　みやこのつとに　いざといはましを
（あなたが《あの有名な》栗原《くりはら》の〝姉歯《あねは》の松〟の人なら、都への土産にして、さあ《都に行こう》といっただろうに）

と口にしたので、彼女は「あの人ったら私のこと好きらしいわ」と喜び、口癖のようにいい暮らした。まったくの勘違いであったが、田舎のこの人はおおらかで、底意がない。

貴公子が知る「あねはの松の人」とは、用明帝《ようめいのみかど》の頃の伝説にゆかりする姉妹である。その頃は、宮廷で働く采女《うねめ》が諸国から献上されていた。

郡の役人の娘のうち、見目麗《みめうるわ》しい者が選ばれて都にゆく。気仙《けせん》郡（現在の岩手県気仙郡）からは朝日姫《あさひひめ》という娘が都に赴いたが、途上、栗原郡（現在の宮城県栗原市と大崎《おおさき》市の一部あたり）で病のため亡くなった。

かわりに、妹の夕日姫《ゆうひひめ》が選ばれ、都へ行く途中、姉を偲んで栗原に松を植えた。その松が「あねはの松」と呼ばれている。

〝あねは〟は地元のなまりで〝姉さま〟だとも、〝姉の墓〟が転じたともいう。

いずれにしても、貴公子はこの話をひいて「君が采女候補のように才長《さいた》けて美しかったら、都に連れて行くのに」と、からかったつもりだったのだ。

【十五】信夫山《しのぶやま》のえびす

貴公子は、陸奥国で人妻のもとにも通った。普通の人の妻なのに、平凡な器におさまっているようには見えず、謎めいて魅力的なのだ。

不思議に思い、歌を詠んだ。

しのぶやま　しのびてかよふ　道も哉《がな》
人の心のおくも見るべく

（忍ぶに通じる信夫山の名のように、知られずあなたに近づく道がほしいものだ。あなたの心の秘密を見たいので）


女性は飛び上がるほど嬉しかったけれど、実は彼の手に負えるような女ではないと自分でもわかっていたので、知られたらどうしようと悩んだ。

彼女は蝦夷《えみし》の人々（独自の異文化圏下にあった）ならではの、勇猛で容易にはまつろわぬ（従わぬ）心の持ち主だったのだ。

信夫山のある福島は、上代には蝦夷（えみし・えびす）の地であったので、こんな女性がいてもおかしくない。信夫山には、蝦夷征伐のため東国に赴いた日本武尊《やまとたけるのみこと》の神話も残っているのである。

【第四章】ほろ苦い王朝絵巻

都へ戻っても業平の心は取り戻せない。失意のままに語られるのは、
歌人ならではの歌の技巧が生きたかりそめの恋模様と、
自分自身をも含めたほろ苦い王朝余聞の数々である。
彼の不全感の起点となったあの初恋の哀しい顛末とは……

【十六】紀《き》有《あり》常《つね》と妻

さて、あの貴公子の親友に、紀有常という人がいた。

いまはすっかり出世の道から外れたが、一時は栄華の華を咲かせるのではと、もてはやされた人である。巷の者はいう。

「あの方も、帝の恩寵で一時は夢を見られたが」

「そうそう。大きな声ではいえないが、やはりあの藤原北家には勝てなかったなあ。力にはじき出されてしまった」

「もっとも、そもそもが藤原家とは家柄も違うが」

「うむ。しかし惜しかった。お人なりや雅味は勝っていたのに」

「いまや失意の人だ」

「仕方があるまい。お世継ぎ争いに敗れた」

有常の父・紀名虎《きのなとら》は仁明帝に重く用いられ、あの藤原良房と張り合う勢いであった時期もある。有常自身は仁明、文徳、清和帝と三代にわたり仕えている。

文徳帝の頃が、彼にとっては生涯の頂点であっただろう。美しい妹・静子が、文徳帝が皇太子の頃に入内したのだ。

帝が即位されたあと、更衣《こうい》（女御に次ぐ身分）静子さまとなった妹は、帝とのあいだに皇子二人、内親王三人を生んでいる。

帝がこの静子さまを格別に愛されていたことは巷によく知られており、彼女との皇子・惟喬《これたか》親王をお世継ぎにしたいと、常々思っておられたのである。

それを無にしたのは、例の太政大臣・藤原良房であった。彼の愛娘は文徳帝の女御・明子さま。彼女が生んだ皇子が、乳児のうちに皇太子と決められてしまった。後の清和帝である。

「それでも、文徳帝がご在位のうちはまだよかった」

「そうだったな……。帝は鍾愛《しょうあい》の惟喬親王を、その次に立てようとまでされたとか」

「だが、それも帝がお若くして崩御されるまでのこと」

文徳帝は明子さまのもとには寄らなくなり、良房をもますます疎《うと》んじた。帝の崩御があまりにも突然だったので、巷には、良房が毒殺したかと、物騒なことを囁く者もいたとか。

紀有常は、こうして甥が皇位につけば得ただろう栄耀も庇護《ひご》者も失い、北家にも睨まれている。

一時は時流に乗りかけたが、その後は時が移り変わって前より凋落したといわれるのは、そんなことからであった。

ただ、当の本人は申し分ない心の持ち主で、風雅を好むことでは他を絶する人柄である。貧しくなっても昔良かったときさながらの心ばえで暮らしており、衣食住のやり繰りなどにはうとかった。

この有常には、長年添った古妻がいた。

彼女は年配になり、枕をともにすることもようやく途絶《とだ》え、尼になることになった。

彼女の姉さまも尼で、その寺にゆくのだが、「これでお別れね」といわれると、気の毒だなあと思われる。心から愛したことなどなかったものの、何か支度をしてやりたいのだが、先立つものがない。

思いあぐねた有常は、胸中を打ち明けられる親友・業平のもとに文を書き送った。

「……こんな次第で、あの妻は寺に参ろうとしているのですが、本当に何も、僅かなことさえしてやれず、先方に出さねばならないなんて情けない……」

文には歌が添えられていた。

手ををりて　あひ見し事をかぞふれば
　とお（十・遠）といひつつ　よつはへにけり

（指を折って彼女と会ってからいままでの思い出《や情事》を数えても、十ほど《それほど疎遠なのです》。そういいながら四十は越えました《彼女の年も四十を越えたのです》）

これを受け取った業平は、有常を気の毒に思った。北家と因縁の深い彼らは、諸事を語り合う仲であった。

貴公子は有常を思いやり、必要なものは夜具まで揃えて歌を添え、贈った。

年だにも　とをとてよつはへにけるを
　いくたびきみを　たのみきぬらん

（彼女は歳だけでも四十を過ぎたのですよね。その重ねた月日以上に、何度もあなたを頼みの綱としてきたようですね《気持ちが遠くなっていたのに、情事も物入りも大変でしたね》）

有常は贈り物に喜び、二首を立て続けに贈って寄越した。

これやこの　あまのは衣むべしこそ
　きみがみけ（着・消）しと　たてまつりけれ

（これこそあの例の、天《あま》《尼》の羽衣《はごろも》《彼女を別天地へ送り出す餞別《せんべつ》》を頂戴したようだ。君がくれたあのお召物《みけし》を《君が彼女との縁を消してくださって》、本当に拝み奉る《たてまつ》る）

秋やくる　つゆやまがふとおもふまで
　あるは涙のふるにぞ有ける

（露の季節の秋が間違って来たのか、それで露が置かれたのかと思うほど、降るようなうれし涙が出ます《飽きがきたのか、まったく取り違えたかと思うまで一緒にいると、女房の古さに涙も出てくるものですよ》）

この妻は、もとを辿れば藤原内麻呂の娘で、北家の流れの人だったので、紀有常にしてみれば厄介《やっかい》払いしたかったのだとか。

【十七】桜花の盛り

日頃まったく足を向けてくれない人が、桜の盛りにだけ、花見がてらでもあるかのように来たので、ある家の女主人は詠んだ。

あだなりと　なにこそたてれ桜花
　年にまれなる人もまちけり

（気ままで見頃が定まらないのが有名な桜の花だけれど、その桜花より気まぐれ《浮気》で、年に何度も来ないあなたのような人も待ち続けていたのよ《まったく勝手な人よね》）

このあてつけを受けて歌を返したのは、あの貴公子である。

けふこずは　あすは雪とぞふりなまし
　きえずはありとも　花と見ましや

（今日来なければ、明日は雪のように散っただろう。消えず散り敷いてはいても、盛りの花のようには見えないだろうなあ《君も今日が盛りのいい時だから、いま君に会いに来たのだよ》）

【十八】白菊（移ろい菊）

洒脱《しゃだつ》というにはいまひとつ物足りない女性がいた。あの貴公子と面識がある。

彼女も歌人だったので、貴公子の趣向を試そうとして、近頃流行している菊を題材に詠んだ。

菊のなかでも、風流人のあいだでもてはやされているのは〝移《うつ》ろい菊〟と呼ばれるもので、晩秋になると花弁が白から薄い紅《くれない》の色に変色する。

白と紅、ふたつの盛りや移色のなりゆきを愛でられるうえ、花が少なくなる冬に色彩を添えることも興趣となって好まれた。

歌人の女性はこの移ろい菊の色が変色しているのを折り、彼のもとへ届けた。

紅ににほふはいづら　白雪の
　枝もとををに　ふるかとも見ゆ

（美しく色づいたこの〝移ろい菊〟の紅の色は《あなたは色好みだそうですが、その浮き名は》どこにいったのでしょう？　枝がたわわに撓《しな》るほど真っ白な雪が積もっているように白く見えています《まったく漁色《ぎょしょく》の兆しもなく時が経っていますね》）

貴公子は、自分のことには取り合わず、知らぬふりをして返した。

紅に　にほふがうへの　しらぎくは
をりける人の　そでかとも見ゆ
（紅に染まった上に白雪が積もって白いのなら、折ってくれたあなたの襲《かさね》の袖にも見えますよ
《あなたこそ、心は誰かに恋して色づいているのに、白い色でそれを隠しているのではないのですか。隠れた恋をする恋多き人はあなたでしょう》）

紅色の下衣は、恋人や恋心に喩えられる。上衣に別の色を着て思いを隠すのは、よくあることであった。衣の色の重ねが見える袖口の色の組み合わせには、みな心を砕いていた。

【十九】天雲《あまぐも》

例の紀有常には、娘がいた。昔、貴公子はこの娘のもとに通っていた。

彼女は身分のある女官として宮仕えをしており、こういうれっきとした女官たちを、御達と呼んでいる。

だが、すぐに醒《さ》め、交際もやめてしまった。同じ宮仕えの身なので、女性は彼にすぐ気づくのだが、男のほうはまったく無頓着《むとんちゃく》で、彼女が存在しないかのように流している。

彼女はあきれて詠んだ。

あまぐもの　よそにも人のなりゆくか
　さすがにめには　見ゆる物から
（天の雲が他所《よそ》にゆくように、人もよそよそしくなりゆく《心変わりする》ものなのかしら。私の姿はさすがにあなたの目に入るでしょうに）

これに応じ、貴公子も皮肉を返した。

あまぐものよそにのみしてふることは
　わがゐる山の風はやみ也《なり》
（雲《私》がよそでだけ過ごしているのは、私のいる山の風が速く《出て行けと》吹いているからですよ）

彼女のもとに通っていたのは貴公子だけではなかったので、こんな歌を詠まれる羽目になったという。

【二十】楓の新芽（春の紅葉）

貴公子は昔、大和国《やまとのくに》（現在の奈良県あたり）の女性に心が動き、通じたことがある。都で宮仕えをしていたため、しばらくすると戻らなければならなかった。
新都への帰京は弥生《やよい》（旧暦三月。現在の三月下旬から五月初旬）の頃だったが、楓《かえで》の新芽が赤く美しいのを見て、戻る道から女のもとに届けた。楓は〝かへるで〟と呼ばれるので、あなたのもとへ帰りたいという気持ちの表白にもなる。

君がため　たおれる枝は　春ながら
かくこそ秋の　もみぢしにけれ
（この〝かへるで〟の枝は、春なのにこんなに秋の紅葉のように色づいています《私も恋に染まっています》）

が、この歌に〝秋〟という語を用いてしまったがために、彼女は歌意を誤解してしまった。秋は〝飽き〟とも取れるのである。楓は都へ〝帰る〟とも解せるので、〝都へ帰るに際し、あなたには飽きた〟とも受け取れてしまう。
女性の返事が届いたのは、彼が都に到着してからである。

いつのまに　うつろふ色のつきぬらん
きみがさとには　春なかるらし
（いつのまに、色が移ろってしまったのでしょうか。あなたの里には春がないのでしょうね《もう秋になるとは、私に飽きたのでしょう》）

【二十一】玉かづら

深く思い合っていた男女で、ほかに意中の人などいない一組がいた。なのに、何があったのだろうか、大したこともない細かなことから、二人の間柄まで嫌になっていた。

――ここを出、去ってしまおう。

歌を詠み、文にではなく手近な物に書きつけたのは、ぎくしゃくしていることにむっとして、にわかに思い立ったからである。

いでていなば　心かるしといひやせん
　世のありさまを　人はしらねば

（出て行ったら、心の軽い《浮わついた》者といわれるだろうか。二人の仲に溝があることを人は知らないから）

女性のほうは、このように男が書きつけたのを理屈に合わないと思い、彼が心を閉ざしてしまった理由にも思い当たらないので、「なぜこんなこと書かれなきゃいけないの」と泣いた。

「あの人、どっちに行ったのかしら？」

と門の前であちこち探したが、どこへというあてもなくすごすごと帰り、家に入って、

思ふかひ　なき世なりけり　年月を
　あだにちぎりて　我やすまひし
（思いがいのない仲だったのね。私ったら、無駄な約束をして何年も暮らしてしまったわ）

と、彼の書きつけを眺め暮らした。

人はいさ　思ひやすらん　玉かづら
　おもかげにのみ　いとど見えつつ
（はてさて、人は幻だけ見ていると、藤の花《長く連なる花房のように末永く良い日が続くことの喩え》はますますたくさん咲き続けると思うのではなかろうか）

玉葛《かづら》とは藤の花のことで、美しい紫の花が上から下へと咲き続け、房となって長くしだれることから、いいことが次々と長く続く様子にも喩える。よくあることで、残された物を眺めながらかつての恋を思い返すと、目の前にいない元の恋人も失った二人の日々も、理想の世界のものだったようにますますよく見えてくるものだ。

さらなる時間が経過してみると幻だけでは我慢できなくなったのか、彼女は男に歌を寄こした。

今はとて　わするる草の　たねをだに

　ひとの心に　まかせずも哉《がな》

（さよならをいったからといって、私のことを忘れられる忘れ草の種だけは、元彼のあなたの心に蒔《ま》かせたくないの）

彼もこう返した。

忘草　うふとだにきく物ならば
　思《おもひ》けりとは　しりもしなまし

（私があなたを忘れるための忘れ草を植えたらしいと噂に聞くくらいなら、私がまだ思っていたことなどご存じないのでしょうね）

そんなこんなで、また昔よりいっそう強く結ばれた。

わする覧《らん》と　思《おもふ》心のうたがひに
　ありしよりけに　物ぞかなしき

（君との恋を忘れただろうと疑っているんだね。それがすごく辛いのは、あの頃よりいまの方が好きだからなんだ）

彼がこう歌うと、彼女も返した。

中ぞらに　たちゐるくもの　あともなく
　身のはかなくも　なりにけるかな
（中空に雲がまったくないと《仲良く家で起居していたあなたがいないと》私も虚しかったの。戻ってくれてよかったわ）

……とはいうものの、その後やっぱり二人は別れ、別々の人とつきあって、互いの様子にはうとくなってしまったのである。この男のほうは、あの貴公子だという。

【二十二】八千代

ある恋人たちのつきあいが自然消滅しかけたとき、それでも忘れきれなかったのか、彼女のほうが彼のもとにいってよこした。

うきながら　人をばえしも　わすれねば
　かつうらみつつ　猶《なほ》ぞこひしき
（面倒くさいのに、あなたを忘れたりしていないから、恨んでいるのにそれでも恋しいの）

「やっぱり君もか」と、彼は返した。

あひ見では　心ひとつをかはしまの
　水のながれて　たえじとぞ思《おもふ》
(会っていないと、川島《かわしま》に堰《せ》かれても必ず合流する水のようにつきあい続けようと思う心はひとつなのにね《思い合う心だけを交わすほうがいいのかな》)

……といいながらも、その夜逢ってしまった。思い出やこれからのことにも話が及ぶ。

秋の夜の　ちよをひとよになずらへて
　やちよしねばや　あく時のあらん
(仮に長い秋の千夜《ちよ》を一夜と数えたうえで八千夜逢ったら、ようやく飽きるときもあるのかな《それくらい続けて逢っても飽きそうにない》)

秋の夜の　ちよをひとよになせりとも
　ことばのこりて　とりやなきなん
(長い秋の千夜を一夜にしたところで、思いは語り尽くせないうちに夜が明け、鶏が鳴いてしまうわ)

前よりも愛しくなって、通い続けた。これもあの貴公子の話だとか。

井筒【第二十三段】

伊勢物語図〈部分〉（国文学研究資料館蔵　鉄心斎文庫）

【二十三】井筒《いづつ》／高安《たかやす》の女

都から諸国に赴任するお役人のことを地方官といい、彼らは任命によってさまざまな国を渡り歩く。都での位がさほど高くなくても、さすがに都ぶりが漂い、地元では名士になる。その名士の子らの集いは垢抜けて、井戸のそばで遊ぶ様子は、輝くばかりであったろう。

昔、そんな幼馴染《おさななじ》みの男女がいた。大人になり、お互いに恥じらいがちになったが、

「あの人と結ばれたい」

と男が思い、女人のほうも「彼と」と同じ思いで、親の薦《すす》める人のことは聞きもせずにいた。ともかく、隣り合わせたこの彼からは、彼女にこんなふうに歌を寄越した。

つつゐつの　ゐづつにかけし　まろがたけ
　すぎにけらしな　いも見ざるまに

（筒型の井戸の、囲いの柵より低かったぼくの背丈が、あなたに逢えずにいるうちに、ぐんと伸びてしまいました《いつもといっていいほど一緒にい続けたあなたにかけた私の思いの丈は、逢えないうちに募ってしまったのです》）

彼女も返す。

くらべこし　ふりわけ髪もかたすぎぬ
　君ならずして　誰かあぐべき
（幼い頃から真ん中分けの切り下げ髪を比べたものでしたが、いまは肩より長くなりました《あなたと比べられた人もいましたが、真ん中分けの髪が一方に片寄りすぎるくらい、あなたに気持ちが傾きました》。私が髪を上げる《女性が成人になるための結髪をする》べき方は、あなたしかいないのです）

そんなことをいいあって、とうとう思いが叶い、結ばれた。

さて、その後の話である。
この彼女の親が亡くなり、暮らし向きが立ちゆかなくなってきたので、共倒れになるよりはと、生計のために彼の方が別の女性のもとに通うことになった。

というのも。
男女の結びつきの定型は、女性のもとへ男が通う婿入りの形で、家や財産は娘が相続し、女性は婿になった男にそのなかから貢《みつ》ぐのだ。子どもは男の姓を名乗れるので、身分の高い者を婿にしたいのである。身分が低いが財産を持つ豪族や領主ほど、位の高い婿を求める。
豊かな豪族が多い河内国《かわちのくに》（現在の大阪府東部あたり）の、高安郡の女のもとに彼が通い始めたのは、その財産をあてにしてのことで、浮気心が動いたのではなく、愛する人を養うためでもあった。

高安の女【第二十三段】

スペンサーコレクション　伊勢物語絵巻より　SPENCER COLLECTION
『ISE MONOGATARI EMAKI』/NYPL DIGITAL COLLECTION

とはいえ、通い先の新たな女への嫉妬もあるだろうに、彼女は平気な顔で送り出してくれる。

——ほかに気になる男でもできたから悲しまないのだろうか？

留守中の密通への疑いが頭をもたげ、男は高安へ行くふりをして家の前の植え込みに隠れ、様子を窺った。

と、彼女はひときわ美しく化粧して、外を眺めながら歌を詠んでいる。

かぜふけば　おきつしら浪　たつた山
　夜はにや君が　ひとりこゆらん

（風が吹けば、沖の白波のように激しく森が波打つ竜田山《たつた》を、あなたは夜半、一人で越えることになるのよね《とても苦しい解決法を、あなたー人に背負わせてしまってごめんなさい》）

これを聞いた彼は、言葉に言い尽くせないほど愛おしく思い、河内へ行かなくなった。

後日、たまたま高安を覗いてみると、男とのつきあい始めのうちは上品そうに装っていた例の女が、いまは油断して、下仕えの者も使わず自らしゃもじを取り、豪族のもとで使われている家子《けこ》らの器に盛ったりと、所帯じみた姿に幻滅して行かなくなってしまった。

彼の訪れがないので、高安の女は彼のいる大和の方を眺めて、前のめりに身を乗り出している。

君があたり見つつををらん　いこま山
　くもなかくしそ　雨はふるとも

（あなたが来る方角の生駒山《いこま》を見続けていようと思います。雨が降っても、雲で姿が隠れませんように）

辛うじてあの大和人《びと》の彼が「行く」といってくれたので喜んで待ったが、何度も空振りだったので、彼女は、

君こむといひし夜ごとに　すぎぬれば
たのまぬ物の　こひつつぞふる

（あなたは来るといいながら、夜ごとに肩すかし。あてにはしていないけれど、あなたを恋したまま暮らしています）

といっていたが、彼は婿になるのをやめてしまった。

【二十四】指《および》の血して書く

昔、片田舎の女性のもとに住んでいた男が都勤めになった。通えるところではない。別れを惜しみながらも都へ行き、三年そのままになってしまった。

三年といえば、離縁の基準として考えられる年数になる。

彼女のほうは、男が三年も現れなかったので胸を痛めながら待っていた。そんなとき、真剣に求婚してくれる人が別に現れ、とうとう「今夜結ばれましょう」と約束したその晩。

ひたひたと、戸口を叩く人がいた。

「開けてくれよ」

はっとしたのは、聞き覚えのある声である。さんざん待ったその人であった。が、開けなかった。かわりに歌を書き付けた文を戸の下から差し出す。

あらたまの　年のみとせを　待ちわびて
ただこよひこそ　にゐまくらすれ
（清らかなまま年を三年待ちわびて、ちょうど今夜、別の人と新しく契るつもりなの）

すると。

あづさ弓　ま弓つき弓　年をへて
わがせしがごと　うるはしみせよ
（弓の素材は梓《あづさ》、真弓、槻《つき》とさまざまだ。この弓の引き手には、昔私がしたように、立派な姿を見せてほしい《君の気を引く男はさまざまにいる。新たな引き手は、私が長年していたように、君を可愛がる立派な男であってほしい》）

男が聞こえるようにそう詠んで去ろうとしたので、彼女はたまらず、

あづさ弓　ひけどひかねど　昔より
　心はきみに　よりにしものを
（新しい人が気を引くも引かないも、昔から、私の心はあなたに寄っていたのに）

と口にしたが、彼は帰ってしまった。彼女は切なさのあまり男のあとを走り追ったが、とても追いつかない。清水の出ているところに倒れてしまい、指の血で手近な岩に書きつけた。

あひおもはで　かれぬる人をとどめかね
　わが身は今ぞ　きえはてぬめる
（すれ違いで離れてしまった人を止められず、私はもう今死んでしまうようだ）

彼女はその場で息絶えてしまった。

【二十五】朝の袖よりも

さて、これはあの貴公子の話だと伝わっている。思わせぶりな女がいる。「逢わないわ」とはいわないのに、そうかといって結ばれるわけではない。この恋の達人のもとに、彼は歌を届けた。

秋ののに　ささわけしあさの袖よりも
あはでぬる夜ぞ　ひぢまさりける
（秋ともなれば、女性と契りを交わした朝帰りのときは、笹露で袖が濡れるものだが、逢わずに寝る夜のほうが涙でひたひたに濡れてしまうよ）

恋のかけひきに熟した女は返した。

見るめなき　わが身をうらと　しらねばや
かれなであまの　あしたゆくくる
（美味しい海藻の海松布《みるめ》《私の恋心や契り》が浦《裏》にないことを知らないので、収穫のための海人《求婚者たち》が足を疲れさせても通ってくるのでしょう）

【二十六】もろこし舟

貴公子が、人里離れた東五条の御所で生涯引き離されてしまった人と結ばれずじまいになったことをひどく歎いて、あの心の恋人、高子妃に手紙を出した。彼女の返事にはこうあった。

おもほえず　袖にみなとの　さはぐ哉
もろこし舟の　よりし許《ばかり》に

（思いがけず、もろこし舟が港にきたばかりに、港が大騒ぎになっていますね）

実をいえばこの頃、大宰府の管轄《かんかつ》する袖《そで》の湊《みなと》を通らずに、許可なく入京した唐人がおり、都がこの話でもちきりになっていた。彼女の手紙は、入内している立場から、表向き、この話題だけを書いているようにさりげなく見せているが、彼には隠された真意が読み取れた。

（思いがけず、唐船のように特別なのに遠い存在のあなたの手紙を《関所の検閲もなく》いただけたばかりに、私の心はざわざわと騒ぎ、涙いたします）

他国への手紙は舟で運ばれるので、舟が港に寄るのは手紙の到来を示したのである。

【二十七】盥《たらい》の影

貴公子がある女性のもとに一夜通い、その後はまた訪れなくなった。

その彼女が、手洗いの水を張った盥を覆う竹簀をめくり、自分の影を映して覗き込みながら詠んだ。

我許《わればかり》　物思《おもふ》人は　又もあらじと
　おもへば水のしたにも有けり

（こんなに切ない思いをする者は私だけ。ほかにいるはずがないと思ったけれど、水の下にもう一人いたわ）

ずっと来てなかった彼は、これを立ち聞きして詠んだ。

みなくちに我や見ゆらん　かはづさへ
　水のしたにて　もろごゑ（諸声）になく

（私なら、その水を汲んできた川水の取水口で見えるのではないかな。あの美しい声のかはづ《カジカガエル》でさえ心を合わせて水中から互いに合唱するというから《遠くからでも思ってはいるんだよ》）

【二十八】朸《おうご》（天秤棒《てんびんぼう》）

昔、恋に達者な女性がいて、彼女は、彼が彼女のもとを出て行こうとしているときに、詠んだ。

などてかくあふごかたみになりにけん
　水もらさじと　むすびしものを

（なぜ、朸《おうご》《天秤棒》で物を運ぶと、いつのまにか片方だけがいっぱいで片方が空になってしまうのかしら。桶をつり下げる綱はしっかり結んだつもりなのに）

彼女はこういいたかった。

（あなたと逢う期《逢瀬のとき》は、いつも片身になる《一人だけ取り残される》のね。懸命に仲を結んだつもりなのに、なぜなの？　結局は私に気がないのよね　＊歌の詠み手は男とする説もある）

【二十九】花の賀

朝廷が催した祝いの宴に召集され、祝いの歌を詠めといわれたのに、あの貴公子・業平は切ないため息をついた。

桜の花が見事であるのに、気持ちは晴れない。二条の后となってしまったあの心の恋人の、桜の宴なのであった。

花にあかぬ　なげきはいつもせしかども
けふのこよひに　にる時はなし

（桜の花は眺めても飽きないものなので、いつでも味わいきれず歎いておりますが、今日の桜は絶世のもので、《この桜のようにかけがえのないあなたを失った私の嘆きも》及ぶ時などありません）

場を踏まえながら本意をにじませた歌に、皆息をのんだことであろう。

【三十】僅《わず》かな逢瀬《おうせ》の女

ほんの一瞬しか逢っておらず、心残りする女性のもとへも歌がゆく。

あふことは　たまのを許《ばかり》おもほえて
　つらき心のながく見ゆらん

（逢うことが瞬時のように僅かに思えるぶん、あなたの冷ややかなお気持ちが長く思えるようです）

【三十二】よしや草葉《くさば》よ

この貴公子が宮中で、身分ある某女官の部屋の前を通りかかったときに、何の怨《うら》みなのか、捨て台詞《ぜりふ》が聞こえた。

「よしや草葉よ、ならんさがみむ（どうせ青々した草もいつかは枯れるわよ。《いまは調子に乗っているけれど、先はわからないわよ。憂き目をみるといい》）」

彼は受け流した。

つみもなき人をうけへば　忘草
　をのがうへにぞ　おふといふなる
（罪もない人を呪えば、忘れ草が自らに生え、人に忘れられてしまうといいますね）

この飄々《ひょうひょう》としたあしらいが、また嫉《ねた》まれた。

【三十二】苧環《おだまき》（糸巻き）

昔つきあった女性に、だいぶ経ってから声をかけた。

いにしへの　しづのをだまき　くりかへし
　むかしを今に　なすよしも哉《がな》
（昔の織物用の苧環《糸巻き》が糸を繰り戻せるように、いまを昔に繰り戻す手段がほしい
《昔のようにやり直したい》）

返りごとがないのは、意に介されなかったのだろうか。

【三十三】こもり江に

この貴公子は、津の国（摂津。現在の大阪府北部から兵庫県南東部あたり）にも所領があった。そのゆかりからだろうか、摂津の菟原《うばら》郡（現在の兵庫《ひょうご》県芦屋《あしや》市から神戸《こうべ》市の一部あたり）に、通っている女性がいた。深く切れ込んだ浜奥を葦が覆い、入り江を隠している静かな場所で、しずしずと満ち引きする水面に映る葭蘆《かろ》の姿が美しい。

何を察したのか〝今度都に行ったら、彼はもうこないに決まっている〟と彼女が思い込んでいるようだったので、詠んだ。

あしべより　みちくるしほの　いやましに
　君に心を思《おもひ》ますかな
（芦浜の間を満潮がぐんぐん増すように、君への思いも増しているんだよ）

返しはといえば、

こもり江に思ふ心をいかでかは
　舟さすさほの　さしてしるべき
（この隠れた入江《私》についてあなたの胸の裡《うち》がどうであるかは、舟を漕いでいる《前向き

に進めている》）という竿《さお》の手加減で知るべきなのでしょうか《いいえ、本心はわからないわ》）

田舎の人の返事にしては、いい歌にも悪い歌にも思える。良しや悪しや。（葭や葦やの洒落であり、芦屋の洒落でもある）

【三十四】つれなかりける女

そっけなく、思い通りにならない女性のもとに、貴公子は歌を届けた。

いへばえに　いはねばむねに　さはがれて
心ひとつに　なげくころ哉《かな》

（言おうとしても言えない。言わないと自分の胸に騒がれる。あなたの心ひとつに歎いています）

表向きには、恋の切なさを歎いた歌だが、実はこの歌には、牛車にかけての言葉遊びが含まれている。牛車の柄《え》（引く長い柄の部分。轅《ながえ》）と棟《むね》（座席の屋根の棟木《むなぎ》）、ころ（車輪）の三つの掛詞が詠み込まれていることを踏まえれば、かなりの痛烈な皮肉が読み取れる仕掛けであった。

（運び手である牛の心ひとつで、私が何を言おうが言うまいが、柄のほうか座席のほうががた

つく。車輪にしてみればたまらない。《君に振り回されてばかりで、こっちはたまらないよ》）
まったく、ぬけぬけと詠んだものである。

【三十五】玉の緒

心ならずも仲が途絶えてしまった人にはといえば、こんな歌が詠まれた。

玉のを（緒）を　あはおによりて　むすべれば
たえてののちも　あはむとぞ思

（玉を通した飾り紐を結ぶにしても、沫緒《あわお》に縒《よ》って結べば、仲が絶えてしまっても、きっとまた《気楽に》逢おうと思うのでしょうね　＊〝あはお〟は結び方か縒り方と思われるが未詳）

【三十六】問いつめてきた女

「私のことなんて忘れたでしょう」
と、手紙で問い詰めてきた女性への歌である。

谷せばみ　峯《みね》まではへる　玉かづら
たえむと人に　わがおもはなくに

（谷が狭いので、地上ではなく峯にまで蔓を這わせる藤は、そのうち絶えるだろうと人はいいますね。私は思わないけれど。まだ長らえますよ）

これも、まさに皮肉である。

（谷が狭い《私が冷たい》からといって、峯まで這い上る藤の蔓《のようにしつこく追いかけてくるあなた》。仲は絶えるだろうと人が思って当然ですね。まあ、私は気にしませんが）

【三十七】朝顔の夕影

恋多き移り気の女性と通じ、別の誰かが通っていないかと気がかりになったのか、彼は歌でじゃれついた。

我ならで　したひもとくな　あさがほの
ゆふかげまたぬ　花にはありとも

（私ではない人に、朝顔を誘引する紐《君の下裳《したも》の紐》をほどかせるなよ。夕方を待たずに咲く花《誰かいないと夜まで待てない、浮気な君》ではあるけれど）

女性が返したのは、のろけであった。

ふたりして　むすびしひもを　ひとりして
あひ見るまではとかじとぞ思《おもふ》

（二人で結んだ紐だから、一人ではほどかないと決めてるわ。逢うときが楽しみね）

【三十八】恋を習う

親友の、あの紀有常の家へ貴公子・業平が出向いたところ、有常はどこかに出かけていたあげく、帰りが深夜であった。

——ははあ。さては恋人のもとへ行っていたか。

当て推量をした貴公子は、茶化して詠んだ。

君により思《おもひ》ならひぬ　世中《よのなか》の
人はこれをや　こひといふらん

（君の行動により、巷では《夜中まで帰らない仲（よ）の》深夜帰宅を恋の象徴と捉えることが学べますね　＊〝よ〟という言葉は男女の仲をもいう）

有常もひねって返す。

ならはねば　世の人ごとに　なにをかも
　恋とはいふと　とひし我しも

（会う人会う人に〝何を恋仲というのか〟と聞いてまわった不粋な私が、そう言われるようになりましたか。《私こそ恋のあれこれで名高い君に》習わなければこうはいきませんでしたよ）

図らずも、巷ではすでに貴公子は、恋の名手として名が立っていた。

【三十九】灯《とも》し消《け》し　女車の蛍

「君の車に、一緒に乗せてくれないか」
あの貴公子・業平は、親しい女性に頼んだ。
「喜んで。逢い引きみたいで嬉しいわ。でも、どうして自分の車を出さないの？」
「隣の内親王が薨去《こうきょ》された。こっそりお見送りしたいのだ」

灯し消し女車の蛍【第三十九段】

「伊勢物語絵巻」より（甲子園学院美術資料館蔵）

彼は珍しく真顔であった。

隣の屋敷では、物々しい催しが始まろうとしている。ここは、崇子《たかいこ》さまという内親王のお屋敷にあたる。

この方は、淳和帝《じゅんなのみかど》の御子でいらしたが、亡くなられたので葬送の儀が行われるのだ。

業平にとっては、父のいとこにあたる。

人目を忍んで見送らなければならないのには、わけがある。

「あの家の方々に、嫌な思いをさせたくないしね」

彼は呟いた。崇子内親王の家の方々は、業平の父を不快に思っている。

血の繋がっている者どうしにとっては面倒なことだが、単なる内輪揉めではない。

帝位のからむ事件であったから、世間にもよく知られている。

内親王の兄上の恒貞《つねさだ》親王は、仁明帝のとき皇太子に立てられていた。ところが、例の藤原北家の良房が、自分の甥こそ皇太子に擁立したいと画策しはじめたのである。

彼に殺されかねないと、身の危険を感じた皇太子は、側近と東国に逃げて都を移そうと考え、業平の父・阿保親王にも話をもちかけた。

が、阿保親王は、自らも父・平城上皇の〝変〟で辛い目にあったからこそ話に乗らず、比較的穏やかな当時の実力者、檀林《だんりん》皇太后に上告し、ことを収めようとした。ところが、これが帝に伝わり、ついに恒貞親王は皇太子を廃されてしまった。

――父上もお苦しみであった……！

結果的には、北家をほくそ笑ませることになってしまった。

このときの苦悩が契機となったのか、父・阿保親王はその三か月後に死した。事件から数年が経ったが、まだまだ、巷の記憶にも新しい。もちろん、業平にとっても、後ろ盾だった父の死は痛かった。

廃された皇太子の妹・崇子内親王も、事件の余波を受けた一人なのだ。彼は父を偲びながらも、彼女の死を悼みたかった。

だが、もちろん大手を振って葬送に顔を出せるはずもない。

そこで智恵をしぼり、女車に乗せてもらうことにしたのであった。

出かけて車中で見ているが、御柩車《きゅうしゃ》（霊柩車）がなかなか出てこない。なかの方々がいて名残を惜しみ、泣き終わるまでのあいだは出さないのだろうと、車で待った。

と、そこへ。

間の悪いことに、天下の色好みで知られる源至《いたる》という人が見物にやってきた。彼は、女車とみれば声をかけるので、業平が乗っている車に寄ってき、しきりにちょっかいを出す。

至は風流な人なので趣味が良く、何と、蛍《ほたる》を持っていて、こちらの車に入れるではないか。

業平にしてみれば、弱ったどころの話ではない。蛍の光に照らされ、自分の存在が知れてはまずい。両家の関係がまたも取り沙汰され、粛々とした弔いの場が大騒ぎになる。

とっさに、彼は「ごめん。灯し消しをしますよ」と、蛍の光を消し、小声で詠んだ。

灯し消しとは、入滅《にゅうめつ》のときに煩悩《ぼんのう》の炎が消え悟入《ごにゅう》したとされる釈迦《しゃか》の故事にならい、あかりを消すことをいったのである。

いでていなば　かぎりなるべみ　ともしけち
年へぬるかと　なくこえをきけ
（霊柩車が出て去ってしまえば、内親王さまの最期です。悟入を願って火を消し、〝寿命が来たのか〟と皆が泣く声を聞いてください）

もちろん、これは歌の一面だけで、同時に業平はこういったのだ。
（いま私が出ていったら最悪なんですよ。明かりを消せば煩悩も消えるのです。あの一件から時が経ちましたねと、しみじみ泣く私の声を聞いてください）

源至は、車のなかに業平がいると知り、恐縮して返した。

いとあはれ　泣くぞきこゆる　ともしけち
きゆるものとも　我はしらずな
（泣くのが聞こえてきた。お気の毒に。悪かったね。火を消せば煩悩が消えるとは知らなかった《君の悩みはそれだけで消えるとも思えないが》）

天下の色好みにしては率直な歌なのは、こういうわけである。
源至も臣籍降下させられた一人であるが、親王に戻る気はまるでなかった。

なぜか。

彼の父・源定《さだむ》は淳和帝の養子になっており、廃された皇太子の恒貞親王とは義兄弟であった。至は恒貞親王の義理の甥にあたる。例のごたごたを見ていたからこそ、皇族に戻りたくなかったのではなかろうか。

源至は、かなり後世の歌人である源順《したごう》の祖父にあたる人である。

【四十】血の涙

昔、まだ親がかりで住んでいた若い頃、この貴公子は、家に仕えているそれなりの女性に思いをかけた。

親は詮索し、恋に耽《ふけ》ると離れられなくなるからと、彼女をほかへやろうとしていた。ことが運ばないうちに、思いは募りに募ったものの、親がかりの上、まだ気弱だったので、止める強さがない。女性も身分が低く、争う力がなかった。

にわかに、親は彼女を追い出した。

彼は血の混じった涙まで流した。涙が尽き果てると血まで出てくるというが、まさしくそれである。止める手立てもなく、人が彼女を引き連れ、去ってしまった。

取り残され、泣く泣く詠んだ。

いでていなば　誰《たれ》か別《わかれ》のかたからん
ありしにまさる　けふはかなしも

（自分から去ったのなら、追ったりしない。無理に引き離されたから、彼女がいたときよりも、いない今日の方がずっと恋しい）

といって気絶してしまった。

親は「お前を思ってのことだったのに、なぜこんなことに……?」と慌てたが、彼は本当に死なんばかりだったので、動転しながら神仏に祈った。

夕方の日没ごろに意識をなくし、丸一日以上経ってようやく息を吹き返した。

昔の若者は、ひたむきに恋にのめりこんでいた。いまは老境に入り分別もついた彼からしたら、まさに見習うべき話である。

【四十二】姉妹と婿ら

これも昔のことである。

雅やかなある姉妹がいた。かたや、地位が低く貧しい者を婿にしており、もう一人は自分たちと同じく上流の公達を婿にしている。

貧しいほうの妻が、歳末に正月の準備をしていたときの話だ。

新年ともなれば、正装で臨む儀式が多くなる。彼女は自分で夫の上衣の洗い張り（着物をほどいて洗い、布地を板に張って乾かすこと。その後縫い直した）をした。

気を抜かずにしっかり進めていたが、ともかく、下仕えの者がするような家事は学んだことがなかったので、布を張っているとき、

「あ」

と思ったときにはすでに遅く、肩の部分が破れてしまった。

彼女は高貴な家の出で、手加減がわからなかったし、そもそも着たきり雀で布がへたる寸前だったのだろう。むろん貧しいため替えもない。

どうしようもなく泣きに泣いているのを、あの上流のほうの婿（これも、どうもあの貴公子らしい）が聞きつけて同情し、彼女の夫の地位に見合った緑衫《ろうそう》の袍《ほう》（深緑色の上衣）を見つくろい、歌とともにやった。

　むらさきの色こき時はめもはるに
　　野なる草木ぞ　わかれざりける

（紫草が盛んに咲く春には、見渡す限りがその白く美しい花に覆われ、野の草木の芽が紛れていても見分けられない）

春の紫草の美しさを詠んだように見えるが、その実、歌の本意は官位によって定まっている官服の色を主題としている。紫色を着てよいのは三位以上で、緑衫は六位の色である。

つまり、上流のほうの婿は彼女にこう伝えたのだ。
《あなたの家系からして、周囲は見渡す限り公達で、紫の上衣を着る男ばかりなのに、恋心という春の芽が出たばかりに、深緑色の上衣の人まで混ざってしまったんだね》
と。

次の〝武蔵野〟の歌と、見かけの歌心は似ているだろう。

紫の一本ゆゑに武蔵野の
草は皆がら　あはれとぞ見る
(高貴な紫の花が一本咲いているがために、武蔵野の草もみな雅びに見える)

【四十二】通い路《じ》

貴公子は、浮気性な女性と重々承知のうえで、その女性とお互い戯れあっていた。遊びではあるが、気が合う。しょっちゅう足を運ぶのだが、分かってはいてもほかに誰かが必ずいると思うと、心が揺れてやめたくなり、といって、行かないでは耐えられないので通ってしまう。

そういいながらも、どうあれ貪《むさぼ》りあわずにはいられない仲なので、支障があって二日、三日ほど行くことができず、こんな歌を詠んだ。

いでてこし　あとだにいまだ　かはらじを
た（誰）がかよひぢと　今はなるらん
（私が出てきた足跡がまだ残る道。いまは誰かの通り道となっているのかもしれない《私が出て間もないが、まさかもう誰かを通わせてはいないだろうね》）

彼が彼なら彼女も彼女なので、心配になって詠んだようである。

【四十三】ほととぎす

昔、賀陽《かや》親王という皇子がいらっしゃった。貴公子の祖父・平城上皇の異母弟にあたる。この親王がとある女性を愛寵し、さまざまに貢いで養っておられたところへ、彼女の思わせぶりにやられたのか、言い寄る男がいた。

驚くべきは、まだほかに〝俺だけか〟と思い込んでいた別の男がいたことだ。彼は噂を聞きつけて、彼女にホトトギスの絵入りの文を送った。

ほととぎす　な（汝）がなくさとの　あまたあれば
猶《なほ》うとまれぬ　思《おもふ》ものから

（ホトトギス《男の気配が絶えない君》よ。里をいくつも渡り歩いて鳴くから、やはり、愛しく思う者にとっては《移り気に思えて》嫌になる）

ホトトギスは、ウグイスをはじめ、さまざまな鳥の巣に卵を預けることで知られているため、数々の恋人（巣）を渡り歩く男性または女性に喩えられる。
女性は、彼をつなぎ止めようと詠った。

名のみたつ　しでのたおさ（ホトトギス）は　けさぞなく
　いほりあまたと　うとまれぬれば

（噂だけが立っていますが、ホトトギスは田植えをせき立てる勧農の鳥ともいわれますよ。棲《すみ》家《か》が多くて《移り気で》嫌だなんて、今朝は鳴いて《泣いて》います）

ちょうど、田植え時の五月だったので、彼女の喩えは気が利いていた。
男は返した。

いほりおほき　しでのたをさは　猶たのむ
　わがすむさとに　こゑ（声・肥）した（絶）えずは

（庵《いおり》が多くて、勧農の鳥ならますます頼もしい。私の住んでいる里の田を肥やし、絶えず声を聞かせてくれるだろうから《そんな素晴らしいあなたなら移り気でもやはり構わない。私のも

とにいるならね》)

〝しでのたおさ〟とはホトトギスの別名だが、田を「しでうつ(絶えずしきりに打つ)」田長《たおさ》(長老)から名付けられたともいうそうである。

【四十四】馬のはなむけ(お餞別《せんべつ》)

親友が任地の県《あがた》に下るので、あの貴公子は餞別を贈ろうと家に招いた。気のおけない仲なので、家の持ち主である妻に酒を勧めさせ、引出物として女性の衣装を贈ろうとした。女ものを贈るのが雅びな習わしである。

このとき、この家の夫だった貴公子は、歌を詠み、友に贈った裳の腰に結いつけさせた。

いでてゆく　君がためにとぬぎつれば
我さへも(裳・喪)なく　なりぬべきかな

(君の門出のためにと脱いだが、有難いことに私まで〝裳〟をなくし〝喪《災い》〟がなくなったようだ)

この歌はとりわけ趣が深いので、胸の裡《うち》で味わい、声には出さないのだとか。

【四十五】行く蛍

親に大事にされている箱入り娘がこの貴公子に片思いをして、どうにかして打ち明けたいと思いながら、口に出せなかった。

思い詰め、恋煩《わずら》いで死にかけたときに初めて「あの人のことが好きなの」といったものだから、聞きつけた親から貴公子のもとに泣く泣く告げてきた。

「娘が死にそうなのです」

取るものも取りあえず、貴公子は枕元に呼ばれて参じたものの、娘は亡くなってしまった。

死に触れたので物忌《ものい》みとなり、よく知りもしない家に足どめを強いられることとなった。籠もって居続けたが、なんとも所在ない。水無月《みなづき》（旧暦六月。現在の六月末から八月上旬頃）の末で、うだるように暑く、宵には管弦《かんげん》で気晴らしをし、ようやく夜がふけて僅かな涼風が吹いた。

蛍が梢の遥か彼方に上ってゆく。

彼は横たわったまま、手枕《たまくら》で眺めた。

ゆくほたる　雲のうへまでいぬべくは
　秋風ふくとかりにつげこせ

（行く蛍《娘さんの亡魂》よ。雲の上まで往けるようなら、こちらでは秋風が吹く《秋のように物憂く泣いている》と、雁に告げてきてくれ）

行く蛍【第四十五段】

伊勢物語図〈部分〉（国文学研究資料館蔵　鉄心斎文庫）

歌の後半には貴公子・業平らしい本音も読める。

（秋風が吹く《この家にいるのは》そろそろ飽きたと雁に告げてくれ）

くれがたき　夏のひぐらし　ながむれば
そのこととなく　物ぞかなしき

（なかなか日暮れにならない日の、夏の蜩《ひぐらし》を眺めていると、何ということがなくても物悲しいなあ）

【四十六】友の幻

この貴公子には、真の友がいた。毎日のように行き来し、互いに心許したつきあいだったが、この友がよその地方に行くことになったので、寂しくなると思いつつ、別れ別れになってしまった。

かなり経ってからのこと、友だちが手紙を寄越した。

〝びっくりするほど顔を合わせてないよな。何年経ったんだろう？　世の常で、姿が見えなくなると忘れちまうというしな。ひょっとして君も忘れてるんじゃないかと考えると、虚しい気がしている〟

そこで、貴公子はこう詠んだ歌を届けた。

め（目）か（離）るとも　おもほえなくにわすらるる
　時しなければ　おもかげにたつ
（顔を合わせてないとも思えないし、忘れられる時もないことから考えると、君の幻はあれからいままでずっと僕のところに現れ続けているわけだね《笑》）

【四十七】大幣《おおぬさ》

貴公子には、昔、何とかして付き合いたい女性がいた。ところが、この女性はこの彼が形ばかりの恋を重ねて飽きっぽいと聞いていたので、心が冷えるばかりで、詠んだ。

おほぬさ（大幣）の　ひくてあまたになりぬれば
　思へどえこそ　たのまざりけれ
（お祓《はら》いに使う大幣《あなた》は、取り合う人が多く人気ですが、私への恩恵《気持ち》を期待してはいても、心から頼りにはできません）

大幣とは、枝に麻や紙（幣帛《へいはく》）を総《ふさ》にして結わえつけたもの。神社の祓いの行事では、穢《けが》れを幣帛に移す目的で、万人がこれを引き寄せて体をなでる。一本の大幣が無数の人手を渡ってゆくので、移り気なことにたとえられる。

大幣に喩えられた貴公子は、返した。

おほぬさと　名にこそたてれ流《ながれ》ても
　つゐによるせ（瀬）は　ありといふ物を

（大幣は、心から頼りにはできないと評され、その上やがて穢れ落としで川に流されてしまうものですが、それでも最後にたどりつく岸があります。《なのに、私にはその寄る瀬もないんですよ。そんなにすげなくしないでください》）

【四十八】苦しきものと

貴公子は、旅立つ人の送別の宴を支度して待っていたが、来なかったので詠んだ。

今ぞしる　くるしき物と人またむ
　さとをばか（離）れず　とふべかりけり

（人を待つのが苦しいものだと、いまわかったよ。里《私を待っている女性のもと》は途切れ

ずっと訪れるべきものだったんだなあ）

【四十九】若草の妹

妹が、女性としてみるみるきれいになってきたので、あの貴公子は詠んだ。

うらわかみ　ねよげに見ゆるわか草を
ひとのむすばむ　ことをしぞ思《おもふ》

（若々しいので根も立派に見える若草を、よその人が草結びにするかと思うと、それにつけても幸運であってほしいとしみじみ思うものだよ）

巻では、上代から草と草とを結ぶことを〝草結び〟といい、枝なら枝結び、根なら根結びといって、縁起を願うよりどころにしている。草結びをすることは、旅路の無事や事始めの幸運を願うおまじないなのだ。

同時に草結びはまた、男女の和合をもいうので、貴公子の歌は、婚期も見えてきた妹へのからかいともなっている。

（初々しくて、寝よげ《肌を合わせても心地よさそう》な若草《若さあふれるわが妹》を、よ

その人が結ぶ《妻にする》のかと思うと、大人の女性になる《事始めの》ときが来たのかと複雑な思いになるよ）

妹は、ばつが悪くなりながらも、とぼけて返した。

はつ草の　などめづらしきことのはぞ
　うらなく物を思ひける哉
（初めて見るこの草は、どうしてこんなに奇妙な葉なの？《初めて聞く兄さまのおかしな言葉は》わからない。私ときたら、昔と変わらず、裏表なく物ごとを考えていただけで……）

【五十】行く水に数かく

浮気比べを交互にしている男と女が、恨み、恨まれつつそれぞれの愛人との忍び逢いを重ねていたとき、むきになっていいあったときのことである。

鳥《とり》のこをとおづつ　とおはかさぬとも
　おもはぬ人を　おもふものかは
（老いた人用の鳥の子色《卵の殻《から》色》の襲《かさね》の衣装を一生に十枚着たおし、それが十回度《たび》重なる

行く水に数かく【第五十段】

伊勢物語図〈部分〉（国文学研究資料館蔵　鉄心斎文庫）

ほど長生きできるとしても《不可能が可能になるほど長寿にはなれても》、思ってくれない人を好きにはなれないな）

と男がいうと、女は返す。

あさつゆは　きえのこりてもありぬべし
たれ（誰）かこの世を　たのみはつべき

（朝露《必ず消える朝露》が消え残ることはあっても、あなたの心が私に残ることなんてあり得ないはず。こんなあやふやな世《仲》を頼みにして生きることができるかしら。とうてい無理よ）

また男がいいつのる。

吹風《ふくかぜ》に　こぞの桜はちらずとも
あなたのみがた　人の心は

（《有名な漢詩のたとえにもあるように》嵐に吹かれても散らずに耐えた去年の桜があったのだ。なのに、人の心は散るんだな。まったく、何て頼みがたいのだ）

女も負けてない。

ゆく水に　かずかくよりもはかなきは
　おもはぬ人を　思ふなりけり
（流れる水に数を書くはかなさよりも頼りないのは、思ってくれもしない人を思うことだわ）

ああ言えばこう言うの応酬であった。

ゆく水と　すぐるよはひと　ちる花と
　いづれまててふ　ことをきくらん
（流れる水と、年を重ねることと、花が散ること《交わした歌の題材となった年齢・散る桜・行く水》の、どれかを止めることでもできるというのかね？　いずれも無常だ。待ってくれといっても聞かないものさ《歌でののしりあいも無駄なことだな》）

【五十二】人の前栽《せんざい》に菊

貴公子が、ある女性の前庭に菊を植えたときの歌である。

うへしうへは　秋なき時やさかざらむ
花こそちらめ　ねさへかれめや

（植えた以上は、秋でないときには咲かないでしょうが《季節になれば花を咲かせますよ》その花は散るでしょうが、根は枯れますまい）

これは、あの皇家に入ってしまった心の恋人・二条の后から、「菊を」といいつかり、献上したときの話で、植えた菊に結んだ歌だったとか。

歌の本意はこう詠める。

（いったん私の心をあなたに注いだ以上《いまは伴侶として帝がいらっしゃり、状況が許さないので恋の花が咲きませんが》、花は散っても、心根はあなたのものです）

【五十二】かざり粽《ちまき》

貴公子のもとに、人のもとから飾りちまきを寄越した。

五月五日にちなみ、五色粽を食すのが、この頃の民間の風習である。

宮中ではこの日は端午《たんご》の節と定められ、古くから薬猟が特別に行われたほか、騎射や競馬《くらべうま》の催しも行われている。魏の時代に始まったこの日の厄払い行事が大陸から伝わったものだ。

かざり粽【第五十二段】

「伊勢物語絵巻」より（甲子園学院美術資料館蔵）

内裏でも、この節にちなみ、疫病や邪気を除けるとされる菖蒲《しょうぶ》（あやめ草）とよもぎの縵《かづら》（植物などを編み込んで垂らした飾り）や、菖蒲とその花（あやめ）を盛った御輿《みこし》が匂いやかに飾られている。

五色の飾りちまきが届いたのは、そういう趣からである。貴公子は返礼として雉を添え、返歌とともに届けた。

あやめかり　君はぬまにぞまどひける
　我は野にいでて　かるぞわびしき

（歳事に用いるための菖蒲の葉刈りは大変でしたね。私のほうは私で、野に出て狩りで苦労しました）

彼があえてあやめを歌に詠み込んだのは、上代から、あやめの姿が女性の立ち姿になぞらえられてきたことを踏まえてのことだ。

この歌のあやめかりは恋愛を指す。歌意は次のようになる。

（恋の沼に足を取られ、戸惑っているあなたと、茫漠とした野でわびしい恋の狩りをしている私。お互い滅入りますよね）

貴公子は、つらい恋をしている人に、自分も同様だと嘆いたのであった。

【五十三】夜明けの鶏鳴《けいめい》

貴公子は、とても逢うのが難しい女性とようやく逢えて、こもごも話などするうちに、はやくも夜明けを告げる鶏鳴が聞こえてしまったので、

いかでかは鳥のなく覧《らん》　人しれず
　思ふ心は　まだよふかきに

（なぜ、もう夜明けだなどと鶏は告げるのだろう。人に知られずあなたを思う私の心は、まだ真夜中なのに《人知れず思い合う二人の仲（よ）は睦まじくて離れがたいのに　＊〝よ〟という言葉は男女の仲をもいう》）

と歎いた。

【五十四】そらなる露

そっけないあしらいをされた女性に対して、こんな歌を届けた男がいたのだとか。

行《ゆき》やらぬ　夢地をたのむ　たもとには
　あまつそらなるつゆやをくらん
（あなたのもとには通えてないので、夢でゆく道が頼りです。私の袖の袂《たもと》には天空からの露が置かれているようです《私は涙しています》）

美しい言葉をちりばめ、悲しい心境を詠んだように見えるが、実をいえば、この男はかなりの皮肉屋である。

女性のもとに通う者が袂の袖を濡らすのはなぜかといえば、屋敷の周囲も道も野深く、朝帰りのときに歩けば必ずといっていいほど長い袂が朝露でしっとりと濡れるからである。

濡れた袂や、袖の露が男女の仲や涙に見立てられるのは、これを踏まえてのことだ。

つまり、冷然とした女性に、彼はこう返したのである。


（あなたのもとには通っていないのだから、架空の道を頼りにし、そら《虚》の露が置かれているようだ《現実に通わなければ袖が濡れるはずもない。置かれているのは偽りの涙さ》）

【五十五】ことのは

心から思っていた例の恋人と世情によって引き離されてしまったときに、貴公子・業平はそんな世について切ない望みを詠んだ。

おもはずは　ありもすらめと　事《こと》のはの
　をりふしごとに　たのまるる哉

（思いがけないことがあるかも《状況がいつか変わり、逢えるようになるかも》しれないと、皇家や朝廷の、そのほか世に起こるさまざまな事件の端々について、その時々に望みをかけています）

〝事のは〟は〝言の葉〟とも読めるので、恋人にはこうも伝わっただろう。

（《二人の状況からして》まさかとは思いますが、思いがけないときに《あなたから》お言葉があるかもしれないと、ことあるごとに頼みにしています）

【五十六】臥して思い

臥《ふ》しては思い、起きては思い、いてもたってもいられず、貴公子は思い余って詠んだ。

わがそでは草の庵にあらねども
くるればつゆの　やどりなりけり
（私の袖は、《露がこもるという》草葺《かやぶ》きの仮住まいではないのだけれど、袖を繰《く》れ《たぐり寄せれ》ば露《涙》がいつも宿っているのは同じだよ）

【五十七】ワレカラ

海藻につく小虫のワレカラは、殻が割れやすく、〝破《わ》れ殻《から》〟から命名されたともいう。海から引き上げられると即刻死んでしまうので、殺されるより前に自ら（我《わ》から）望んで死す類のことに喩えられる。

胸に秘めた思いを打ち明けられないまま悶々としていた男が、つれなくされた女性のもとに、このワレカラを詠み込んだ歌を届けた。

こひわびぬ　あまのかるもに　やどるてふ
我から身をも　くだきつる哉
（恋に悶々として、海人が刈る海藻に付くと聞く〝ワレカラ虫〟のように、《あなたに冷たくされて》我から《自分から》身も心も砕いている《恋が破れたと思い苦しんでいる》私です）

【五十八】落ち穂拾い

あの恋に長《た》けた貴公子・業平であるが、ふと心情が動いて、母・伊都内親王の長岡京《ながおか》の宮家の敷地に家を造っていたことがあった。

隣には母が所有している宮家《みやけ》の原があり、母のための田畑も備わっている。

長岡京は、平城京と平安京とのあいだに、わずか十年ばかりではあるが、都がおかれたところであった。母は、この長岡京を都を置いた桓武帝の皇女なので、ここに内親王の宮家がある。

貴公子はちょうど、建てているさなかの家にいた。いつものことではあるが、都人ならではの華麗な装いが、あたりには似合わず目立っている。

なにしろ田舎なので、口のききようも知らない女性たちが田を刈るために出てき、彼を見つけて宮の原に集まってきた。

「えっらい洒落者《しゃれもの》のおぼっちゃまが建ててるらしいねえ」

など騒ぎながら入ってき、あちこち見ようとしたので、彼は逃げて奥へ隠れた。

女性の一人は、こういってからかった。

あれにけり　あはれいく世のやどなれや
　すみけん人の　をとづれもせぬ

（この宿《宮家》も荒れてるねえ。お気の毒に何代続いたのか知らないけれど、住むはずだっ

落ち穂拾い【第五十八段】

「伊勢物語絵巻」より（甲子園学院美術資料館蔵）

た人《内親王の子のあなた》が訪れもしなかった《都で浮き名を流すばかりで寄りつかなかった》から）

貴公子はしっぺ返しに詠んだ。

むぐらおひて　あれたるやどのうれたきは
かりにもおに（鬼）の　すだくなりけり
（雑草が生え、荒れている家が嫌なのは、一瞬ではあっても鬼《小言をいうあなた方》が集まるからですよ）

といって、女性たちを表に出した。すると彼女らが仕事に戻るにあたり「（田で刈った稲の）落ち穂を拾おう」といったので、貴公子は呟きがちに詠んだ。

うちわびて　おちぼひろふときかませば
我も田づらに　ゆかましものを
（静かな境地で落ち穂を拾うと聞いていたなら、私も田のあたりに行きましたのに）

言葉づかいを知らない女性たちには、何のことか伝わらなかっただろうが、この歌の真意は下の通りである。

（情趣ゆたかな落ち穂《歌》を拾って集める《拾遺《しゅうい》を編む》と聞いたら、私《歌人として名をなしている私》もその田のあたりに参じましたのに）

落ち穂拾いでは、取りこぼしたものを拾い集める。いっぽう、ある種の集大成から落ちた文筆の作品を拾い集めることを拾遺というので、互いになぞらえられる。

業平の祖父・平城帝が公的史料から洩れた神話を拾い集めさせた『古語拾遺《こごしゅうい》』などが有名で、業平の得意とする歌の世界でも、勅撰《ちょくせん》集に洩れた歌を集めて拾遺と称する。

落ち穂を題材に、彼女らが知りもしない知識とかけて、彼がむだに知性をひけらかしたのは、構ってくれた皆に置いて行かれて、何とはなしに寂しかったからでもあろうか。

【五十九】あまの河

さて、例の貴公子だが、都での明け暮れをどのように思ったのか、東山《ひんがしやま》の奥に隠れ住もうと定め、山に分け入った。

このあたりは物寂しい京の外周で、奥には民の葬送の地も多くある。京内に遺骸を埋葬することは官符《かんぷ》で禁じられていた。

すみわびぬ　今はかぎりと山ざとに
　身をかくすべき　やどもとめてん
（住みづらかった世をこれを限りに捨てて、山里に隠棲する場所がほしい）

絶望が行きすぎたのだろうか、死を見据えての安寧まで望むかのような歌である。だからかどうか、彼は不思議な存在に取り憑《つ》かれ、人事不省《じんじふせい》となってしまった。気づいた人が顔に水を注《そそ》ぐなどして正気づかせたので、何とか息を吹き返し、

わがうへに　露ぞをくなる　あまの河
　と（門）わたるふねの　かい（櫂）のしづくか
（私の上に露が置かれていた。天の河の瀬戸に年一回出されるという、あの渡し舟の櫂の滴《しづく》なのかなあ《私が涙していたのは、天の河の二人のように恋仲を裂かれたため。彦星《ひこぼし》と織姫《おりひめ》がたまさかにでも逢えるように、渡しの助け舟を出して生き返らさせていただいたのですね》）

といって、人心地ついたとか。やはり悩みのもとは引き裂かれた人との恋だったのだ。

【六十】花橘《はなたちばな》

朝廷に勤めるある男が、一時ある女性を妻としたのだが、宮仕えが忙しく、互いに大して好きでもなかったので、彼女は別に心から大事にしてくれる人ができて、新たな男性について失踪し、別の地方に去ってしまった。

あるとき、朝廷の男が勅使《ちょくし》として宇佐神宮に赴いたとき、立ち寄った地方で、元妻が勅使の饗応担当役人の妻になっているときき、

「奥さんに盃をさせてください。さもないと私も飲みません」

といったので、しかたなく彼女が盃をさした。

勅使の男は、酒肴として出ていた橘（柑橘類のくだもの）を取り、

さ月まつ　花たちばなのかをかげば
むかしの人の　そでのかぞする

（五月に咲く橘の花の香をかぐと、昔おつきあいした女性が薫《た》きしめていた袖の匂いを思い出します）

といったので、女性は勅使が元の夫であることにはっと気づき、出家して山に入ってしまったそうである。

【六十二】染河《そめかわ》

貴公子が筑紫《つくし》（現在の九州北部あたり）までいったとき、「これは名うての恋の達人さん」と呟く女性の声が、簾《すだれ》の内側から聞こえた。

それを聞いた彼は、

そめ河をわたらむ人の　いかでかは
　色になるてふことのなからん

（染河を渡った人で、どうして色に染まらなかった人がいるのかな《地元の染河を渡れば、その名の通り誰しも恋に染まってしまうものだよ》）

と、地元の地名を詠みこんで話をはぐらかしたので、聞いた女は返した。

名にしおはば　あだにぞあるべき　たはれしま
　浪のぬれぎぬ　きるといふなり

（名の通りというなら、やはり地元の風流島《たはれじま》は、〝淫《たわ》る〟に通じて多情なはず。でも、それは濡れ衣の浪がかかったからだわ《地名のせいにしないで。あなたの浮き名に変わりはないわ》）

【六十二】美しさはいづら（どこへ）

ある人の、ずっと逢っていなかった元の彼女が、あまり賢明とはいえない人だったからか、口だけうまい者の甘い誘いに乗り、よその地方の人の召使いとして使われていた。あるとき偶然、その家の客となった元彼の前に出てきて給仕をしたという。夜になって、「食事のときにいた彼女を連れてきてほしい」と主にいうと、主は承知して彼女を寄越した。「私がわからないのか？」と元彼はいい、手厳しい歌を詠んだ。

いにしへの　にほひはいづら　さくら花
　こけるからとも　なりにける哉

（昔のかぐわしい美しさはどこへ消えたのか、あの桜の花は。むしり取られた残りの花がら《花の残骸》にでもなったのか）

彼女は、恥じ入って答えもしない。「なぜ答えないんだ」と詰め寄ると、「涙で何も見えないの。物もいえない」と泣くばかり。

これやこの　我にあふみを　のがれつつ

年月ふれど　まさりがほなき

（これがあの例の、面目《めんもく》なしというものね。私に会おうとする知り合いを逃れながら近江《おうみ》だけは逃れて歳月を経たけれど、とうてい誇れないわね）

と、ようやく詠んだ。

近江（現在の滋賀県）の琵琶湖周辺には、遊女が多いといわれているので、彼女の歌の二句以降はこうも受け取れる。

（《遊女がいるので知られる》近江は逃げながら歳月を経て少しましになったけれど、とうてい誇れないわね）

男は同情して着物を脱いでやろうとしたが、彼女は捨てて逃げてしまった。どこへ去ったのか、行方も知れないという。

【六十三】つくも髪《がみ》

この話は、かの貴公子が役職と姓から〝在中将《ざいちゅうじょう》（在原の右近衛中将《うこんえのちゅうじょう》）〟と呼ばれていたときのことである。

つくも髪【第六十三段】

伊勢物語図〈部分〉（国文学研究資料館蔵　鉄心斎文庫）

その昔、誰かと男女の仲になりたいと切望している女性がいた。もう成人の子が三人いる年配だが、夫はいない。

何とかして心優しい男性にめぐり会い、寝床に通ってもらう機会を得たいものだと思っているが、さすがに言い出すきっかけが見つからないので、子ども三人を呼び、

「夢占いでね、誰かと通じると吉といわれたものだから」

と嘘まで交えて打ち明けた。

子らのうち二人はとりあわなかったが、三郎だけは「きっといい人が現れるよ」と夢判断に前向きだったので、彼女は寄せていた眉を開いて上機嫌になった。

三郎君《くん》には、心当たりがあった。

――何とかして、あの在五中将に会わせてやりたいものだ。ほかの人には思いやりがない。

彼は、かの貴公子が狩りにゆく機会を捉えて馬の轡《くつわ》を取り、かくかくしかじかと、親の夢占いについて貴公子を頼みにしていることを話した。

貴公子はといえば、三郎君の孝心にほだされて年配の彼女を訪れ、一夜の共寝をしたのであった。

さて、その後。

当然なのだが、あれっきり男が訪れなくなったので、彼女は貴公子の家に様子を窺いに出かけた。物陰から覗いていると、彼はこちらに向かって一瞬目をとめ、詠んだ。

ももとせ（百年）に　ひととせ（一年）たらぬ　つくもがみ
我をこふらし　おもかげに見ゆ

（白髪でイグサの刷毛《はけ》のようなぱさぱさ髪の老齢女性が私を恋う《請う》ているらしく、面影が見えている）

〃都久毛《つくも》（江浦草《つくも》）〃と呼ばれる水草がある。これはイグサ（藺草）の一種の太藺《ふとい》のことだ。その太藺を刷毛や箒《ほうき》にしたときの、ぱさぱさと毛羽立った姿を思わせる髪をつくも髪といった。また、漢字の百から一の字を取ると〃白〃の字形になり、同時に引き算では九十九を表すので、白髪のお年寄りの喩えになる。

貴公子は、彼女を見つけてからかい、どこかに出かける支度までしてみせた。歌を真に受けた彼女は、彼が出発しそうな様子を見て、

――さては、私のところに来るのだわ。

と大慌て。茨《いばら》も藪もなんのその、棘で傷だらけになりながら近道をゆき、いそいそと飛んで帰ると、寝支度をして横たわった。

貴公子はこのなりゆきに、さすがにからかいの度が過ぎたかと、こっそり行って立ち覗《のぞ》いてみると、彼女は、彼が来ない様子なのでがっくりとして寝付くところで、一人こんな歌を詠んでいた。

さむしろに　衣かたしき　こよひもや
　こひしき人に　あはでのみねむ

（筵がわりに衣を片敷きにして《夫婦や恋人なら互いの衣の袖を掛け合うが、一人寝なので片袖を敷き、残りで体をくるんで》、今日も恋しい方には逢えずに寝るのね）

と詠んだので、いじらしくなった貴公子は、その夜だけは訪れて共寝をしたのである。世の中の男女の関係は、恋しく思えば結びつきたいと思うし、何も感じない相手とは結ばれようと思わないものなのに、彼には双方の分け隔てを悟らせない気づかいがあったようである。

【六十四】玉簾《たますだれ》

宮中で女官が務める局は、簾や几帳で区分され、外側から内部が覗えないようになっている。面倒で、互いの事情まで細やかに話すこともあえてしなかった女性がこの宮中にいた。貴公子は、彼女がどの簾のなかにいるのか気がかりでもあり、女官たちの誰が聞いても苦笑してしまう歌に詠んだ。

吹風《ふくかぜ》に　わが身をなさば　玉すだれ
　ひまもとめつつ　いるべきものを

（私が吹く風になれたら、玉すだれ《簾の雅語》の隙間《すきま》を探して入ってみるだろうに《女官は手持ち無沙汰《ぶさた》だろうね。私が風になれたら、暇を求めて玉すだれのなかに入るよ》）

誰だかわからぬが、中から返事があった。

とりとめぬ　風にはありとも　玉すだれ
たがゆるさばか　ひまもとむべき
(取りとめられぬという風ではありますけど、玉すだれの隙間を探すなんて、誰が許すものですか《なんてこと。暇を求めるなんて許しません。私たちが暇だなんて失礼な。とりとめなくぶらついているあなたこそ、お仕事にお励みなさいませ》)

【六十五】恋せじの禊《みそぎ》

さて、この話は、第二段『西の京の女』のその後であり、業平がほろ苦い人生を送るようになったきっかけとなった話でもある。

業平に〝春の物思い〟をさせた初恋の人で、文徳帝の思し召《おぼめ》しを受けて禁中に入った多賀幾子さまは、例の鷹狩り嫌いの良相の娘。染殿の后(藤原良房の愛娘・明子さま)の従姉妹でもある。

ご存じのように、業平がまだ若く、昇殿を許されたばかりの頃から互いに知り合っていた。女御となってしまった多賀幾子さまと業平との仲は、許されるものではなかったが、彼女が入内したからといって途切れた訳ではなかったのである。

業平は、蔵人の役職のうえのことからか年少だからか不詳だが、女性だけの宮殿への出入りを許されていたので、多賀幾子さまのいるところへ行っては、さし向かいになっていた。

恋せじの禊【第六十五段】

伊勢物語図〈部分〉（国文学研究資料館蔵　鉄心斎文庫）

「みっともないわ。お互い、立場も何もかもだめになってしまう。こんなことしないで」

と、彼女はたしなめたが、彼の方は

思ふには　しのぶることぞ　まけにける
あふにしかへば　さもあらばあれ

（思う気持ちには、耐え忍ぶ心が負けてしまう。逢うことが肝心で、それと引き比べれば、ほかのことは構わない。なるようになるがいい）


と、開き直る始末で、彼女が自分の曹司《ぞうし》（専用の私室）にいれば、人目も構わずに上り、居続ける。

彼女は苦渋のあまり、里内裏《さとだいり》（実家）である西の京の西三条邸に里帰りをしたが、業平は、

——何のことはない。逆に都合が良い。

と、かえって実家の方に足しげく通ったので、皆が知り、忍び笑いの種になってしまった。

彼女の曹司に上がるときには、自分の沓《くつ》を取って座敷間の奥に隠す。翌日の早朝、殿守司《とのもつかさ》（御所の掃除や湯の支度などをする役）が来たとき、密通を知られないように要心してのことだ。

こういう体裁の悪いことを繰り返しながら過ごすうちに、彼はやはり、彼女も自分も立場が危うくなって没落し、破滅してしまうだろうと考えた。

——どうしたらいいのだ？

「私があの人を思う心を止めて下さい」

と神仏にも祈願申し上げたものの、心はいや増すようにだけ思え、いまなおむしょうに恋しい。

陰陽師や占いも頼り、恋心を絶つお祓いをして、その道具を御手洗河《みたらしがわ》に流しにも行った。御手洗河は、穢《けが》れを流し、身体を浄めてくれることで知られている。

それでも、お祓いのさなかから彼女への愛しさが募り、昔よりずっと恋しくしか思えなかったので、歌を詠んで川をも去ってしまった。

恋せじと　みたらし河にせしみそぎ
　神はうけずも　なりにけるかな
（恋はしませんと　御手洗河で行った禊を、神様はお受けくださらなくもなったのだなあ）

彼女がお仕えする帝（文徳帝）は、輝くばかりのお顔立ちで、御仏への深いお心ざしから、お経を尊いお声で唱《しょうみょう》名される。そのお声を聞き、女御は申し訳なさからひどく泣いた。

「このような君にお仕えせず、あの恋人にほだされるとは、前世の報いでしょうか」

泣きがちに過ごしているうちに、帝がお聞き及びになり、ついに業平を地方に流してしまわれた。

従姉妹で同じ帝にお仕えしていた明子さまは、このとき御息所《みやすんどころ》で、女御の多賀幾子さまより立場が上であった。御息所は、女御を下がらせて蔵に閉じ込め、手ひどく責めた。

あまのか（刈）る　も（藻）にすむむし（虫）の　我からと
　ね（音）をこそな（泣）かめ　世をばうらみじ
（あのワレカラ虫は、自ら泣くのですから《私が自ら泣いて帝に申し上げたのだから》、世

《あの人との恋仲》は恨みません）

蔵に幽閉されている多賀幾子さまが歌を詠み泣いていると、業平は、よその国から毎晩近くまで来て、世にも美しく笛を吹き、悲しい歌声を響かせた。

——彼に違いない。

女御は思いながら聞いていたが、互いにひと目見ることもできるはずがない。

さりともと　思覧《おもふらん》こそ　かなしけれ
あるにもあらぬ　身をしらずして
（それでも逢おうと思っていらっしゃるだろうことが切ない。この蔵にいるのにいるともお伝えできない私の状況をご存じないから）

事情も知らず、胸に描いた女性の顔さえ見られないまま、業平は笛を奏《かな》で、また歌いつつ歩き、よその国まで歩いてきてこう詠った。

いたづらに行きてはきぬる物ゆへに
見まくほしさに　いざなはれつつ
（無駄足とわかっていても、何度でも行っては帰るんだ。あの人を見たいばっかりに）

清和帝のときのことで、大御息所は染殿《そめどの》の后だとか、あるいは五条《ごじょう》の后だとか人はいうが……。

（著者注＊物語の舞台は、染殿の后（大御息所《おおみやすんどころ》）こと藤原明子は、まだ御息所だった頃の話。彼女の子である清和帝は生まれていたが、この頃は帝ではなく親王であった。

ついでに添えておけば、文徳帝の最愛の女性は明子でも多賀幾子でもなく、更衣の紀静子であった。静子は業平の親友・紀有常の妹なのである。帝と明子のあいだはことに冷たかったと伝わる。そのため、多賀幾子と密通した業平の処罰も甘めであったのだろう。続く六十六～六十八段は、このときの後日譚《ごじつたん》としての、業平の傷心の旅と思われる）

【六十六】難波津《なにわづ》

さて、この貴公子・業平の所領が津の国にあったので、彼は寂しかったのか、兄も弟も友らも誘い、相伴って難波あたりへ行った。

浦から渚《なぎさ》を眺めれば、舟また舟である。

――水の果てまでもゆくのだろうか。何から去ってゆくのだろう。またなぜ、どこへ向かうのだろう。

なにはづを　けさこそみつ〈見《み》つ・御津《みつ》〉の　うらごとに
これやこの世を　うみわたるふね

（難波津を今朝初めて見たが、御津《みつ》《難波津の主要な三つの津》の浦々には数限りない舟がある。ああ。これがあの例の、世の——時代や時流や世情の——海を渡りゆく舟なのだろうか《これが噂に聞く、この世を倦みながら渡る我々の姿なのか》〉

【六十七】生駒山《いこまやま》の花林

無窮《むきゅう》の境地を求め、心を遊ばせる。俗世間を離れる。逍遥《しょうよう》とはそんな心の旅である。上代の中国で荘子が唱えたその思想を、公達はよく知っていた。

傷心の貴公子・業平は、二月（新暦の三月から四月）頃には互いに気を許した仲間と連れ立ち、和泉の国（いまの大阪府の沿岸部あたり）に逍遥の旅に出た。

河内の国の方角に生駒山を眺めた。生駒山脈は低山が横広に連なっており、屛風《びょうぶ》のように見える。この季節なら桜林の景観が楽しめるはずだが、曇ったり晴れたりはしているものの、間に立ち入る雲が途切れず、山の景色が見えない。

翌朝も曇っていたが、昼になって晴れた。

が、雪が梢にかかってしまっていた。

それを見て、仲間たちは残念がったが、貴公子ただ一人だけが詠んだ。

きのふけふ　くものたちまひ　かくろふは

花のはやしを　うしとなりけり

〈昨日から今日にかけて、雲が湧き移り動いて生駒山が隠れ続けていたのは、桜の梢に雪が積もり、残念な姿になったのを憂いて見せまいとしてのことなのだね《昨日も今日も優しい君達がかばってくれて身を隠し続けている私。こんな姿の私を辛いだろうと思ってのことだね。同情してくれてありがとう》〉

【六十八】住吉の浜

そうこうして、貴公子と友らは和泉国を訪れた。

海辺の景勝で名高い住吉郡のなかでも、住吉の里あたりといえば賛嘆の声が出、さらに住吉の浜は絶佳である。その長汀曲浦《ちょうていきょくほ》のあまりの美しさに、彼らは馬から下り、ところどころで座して興じつつ進んだ。

「なあ。誰か住吉の浜を題に詠めよ」

とある人がいったので、貴公子が詠んだ。

鴈《かり》なきて　菊の花さく秋はあれど

春のうみべに　すみよしのはま

〈雁が鳴いて見事な菊の花が咲くのは秋だが、《雁がいなくなり、花もない》春の海辺には美

生駒山の花林【第六十七段】

伊勢物語図〈部分〉（国文学研究資料館蔵　鉄心斎文庫）

しい住吉の浜がある）

もちろん、単に季節や浜を愛でたのではない。歌の深意は友らにこう伝わった。

（雁はつがいの男女で呼び合う。雁がいる秋であれば、雁が鳴く《あの恋人が私を呼ぶ》声を聞く《菊》ことができ、花《恋》も咲くが、春になると渡り鳥の雁《恋人たち》はもういない。もちろん、花もない。住吉の浜の美しさだけが空しく残された）

恋人と引き裂かれた貴公子の悲しみが伝わり、皆もう歌は詠まなくなってしまった。

【第五章】

前代未聞の逢瀬・伊勢斎宮との禁断の恋

業平は憑かれたように、新たに許されざる人との逢瀬を持つ。
世間に流した浮き名こそ絶大だが、二人とも心からの相手への思いはない。
恋のあてどなさに比べて、痛手の大きさは……

【六十九】狩《かり》の使《つかい》（君や来し）

例の貴公子に、鷹狩りの腕を生かした勅使《ちょくし》のお役が振り当てられた。〝狩の使〟である。狩の使は任務で狩りにゆく。旧暦十一月以降となれば、豊明節会《とよあかりのせちえ》を含む新嘗祭がらみの朝廷行事が目白押しになり、供え物に宴にと、多くの獲物が必要になる。都だけではまかなえないので、狩の使は獲物の集まる国へゆく。むろん一人ではない。役人数名と鷹飼らのほか、鍛えられた鷹を数聯《すうれん》、犬も数牙《すうきば》がともに下される。

この狩の使で、貴公子が伊勢国に下されたときのこと。

あの親友、紀有常の姪が、ちょうど伊勢神宮の斎宮《さいぐう》であった。

この人は、皇女でもある。文徳帝の更衣にして有常の妹、静子が産んだ内親王が斎宮となったのであった。

ともあれ、この斎宮は都の母親から「ほかの使よりも、あの方は格別にもてなしなさい」と貴公子の件で念を押されていたので、いいつけ通りに心を尽くした。

朝には狩りに出してやる。夕刻となれば、狩りの帰りがてらに斎宮御所——斎宮寮《いつきのみやのつかさ》——に彼だけを寄らせた。斎宮の御所は通常近寄りがたい聖域だが、格別の扱いで手厚くねぎらったのである。

狩りの使い（君や来し）【第六十九段】

伊勢物語図〈部分〉（国文学研究資料館蔵　鉄心斎文庫）

隔てが融けて心も響き合い、なれ染めたのは疑いもない。

初めて会って二日という夜、貴公子の思いは斎宮への恋心から千々《ちぢ》に乱れ、さまざまに考えずにはいられなかった。

――なぜ、手に入らない人ばかりを望んでしまうのか。帝の代理として神々にお仕えしている方をなど。

伊勢神宮の神々にお仕えする斎宮は、帝の代理として奉仕する。帝の代替わりごとに未婚の皇族女性――内親王もしくは女王――が占いにより一名選ばれるのは、唯一の人の身代わりだからであった。

無垢な処女から選ばれた斎宮は、その日から潔斎に入り、伊勢神宮に発遣された後も潔斎を重ねて身を清めている。

恋の対象とするなど望むべくもない、まさに禁じられた存在であった。

さらにいえば、たとえ斎宮の務めが終わり、神宮を退出したとしても、帝か皇族にしか、彼女を得ることはできない。

何しろ前例がない。すでに臣籍である貴公子には、長年待っても得られぬ人なのだ。

だが。

これもこの貴公子の性《さが》か、不可許であればあるほど気持ちがかき立てられる。

――考えれば考えるほど、恋しくなる。

ついに。

「逢いたい」

といってしまった。

これだけでも驚天動地、前代未聞の一言であるが、驚いたことには、斎宮のほうもまた、拒みはしない気配である。

が、斎宮寮の中院（事務所）や内院（斎宮の住まい）には人の目も多いので密会もできない。

貴公子は使の主役だったので、宿は寮からさほど遠くない外院に支度されており、斎宮の寝間からも近かった。その宿に戻って待ったものの、胸が高鳴り、気が気ではない。

――本当に来るだろうか？　いや。やはり思い直してやめたか。

思いがけない成り行きに、期待と不安が入り交じり、外の方に身を乗り出して横たわっていると、月もおぼろな光のなかに、幼げな童《わらわ》を先に立たせ、誰かが立っているではないか。

斎宮は人を寝静まらせ、子《ね》一つ（午後十一時頃）に彼のもとに来たのである。

天にも昇る気持ちとは、こういうことであろう。

嬉しさのあまり、彼は斎宮を抱きかかえる勢いで自分の寝所にお連れし、子一つから丑《うし》三つ（午前二時頃）までの逢瀬が瞬く間に過ぎたが、まだ互いの胸中を何も話しきれないうちに、彼女は寮に帰っていった。

思いのたけを話せなかった。彼女のほうはどう思っているのかと考えると切なく、彼は寝られずじまいになった。

そんな思いも、翌朝すぐ歌を交わせるならば何がしか伝わるのだが、その状況になくもどかしい。

斎宮である人のもとにこちらの誰かをやって手紙を渡すなどしたら、それこそとんでもないことになる。

やきもきして待っていると、夜がすっかり明けてしばらくしてから、彼女の歌だけが届いた。

きみやこし　我やゆきけむ　おもほえず
夢かうつつか　ねてかさめてか

（あなたはおいでになったのでしょうか。私はあなたのもとに行ったのでしょうか。確かには思い出せません。夢なのか現実なのか、眠っていたのか起きていたのか）

――何と。

取り返しのつかないことではあるが、彼のなかには確かにあったことなのに、斎王の歌は匂いやかだが幻の側に寄せており、つかみどころがない。雲の上にいる自分を心得て詠んだ歌にも見える。むしろ忘れたいと見えなくもない。

――私は、幻と交わったのか……？

夢幻で終わらせられては、禁忌《きんき》の人に挑んだかいもない。

愕然として、にわかに涙がせきをきって流れた。

かきくらす　心のやみに　まどひにき
ゆめうつつとは　こよひさだめよ

（《思い出せないなどといわれたので》心がにわかに闇々《あんあん》とし、昨日のことが夢か現か、私も迷っています。どちらなのかは今晩《また逢って》確かめてください）

との返しを彼女の使いにことづけ、その日も狩りに出た。

鷹を放ち、野に繰り出して獲物を追い歩いても、心はそこにない。

——今夜こそは。

人が寝静まったら即刻逢おうと思っていたのに、狩の使いが来ていると聞きつけた国司が酒を飲みに訪れた。国司は斎宮寮頭《いつきのみやのつかさのかみ》を兼任しており、断れない。一晩中杯を交わしていたので、もはや忍び逢いの工夫をすることもできなかった。

夜が明ければ、獲物を追って尾張の国へと出立する予定になっている。痛惜《つうせき》の思いだったが、とうとう逢えなかった。

しだいに夜があけゆく頃に、配膳係の女官が運んできた酒盃の皿をふと見ると、歌が書きつけてあった。

取り上げて確かめる。

かち人の　わたれどぬれぬ　えにしあれば
（歩いて渡っても足が濡れない江のように浅い縁でしたのね）

とだけあり、下の句はなかった。

貴公子はその盃に、松明《たいまつ》の消し炭《けずみ》で下の句を書き継いだ。

又あふさかのせきはこえなん
（《伊勢に来るときにも通る》逢坂《おうさか》の関《西国と東国を隔てる関所で制限が厳しい》を越え、
またお会いしますとも）

……と記して夜が明け、狩の使らは尾張国へと国境を越えていった。

この斎宮は、清和帝の代理として選ばれた方。文徳帝の皇女で惟高親王の妹・恬子《てんし》内親王である。

【七十】あまの釣り舟

さて。

帰途、狩の使は〝大淀のわたり〟と呼ばれる渡し場（現在の大堀川《おおほりがわ》河口東岸あたり）に泊まった。

ここは斎宮ゆかりの地でもあり、尾張への舟航の要路なので、渡し舟が置かれている。河口に脈々と続く干潟を目にゆく舟だ。

舟に乗ってしまえば、去らなければならない。貴公子は岐路で後ろに心をとられていた。その大淀の渡し場あたりで、彼は斎宮に仕えている童に話しかけた。

みるめかる方やいづこぞ　さほさして
我にをしへよ　あまのつり舟

（海藻の海松布《みるめ》を刈る潟はどこだい？　漕いでいって教えてほしいんだ。海人の釣り舟よ）

二重写しの意味は、七夕の故事を思わせるものである。

（離れて逢えない《見る目が離《か》る》方、《織姫、斎宮》はどこなのだろう。天の舟を漕いでゆく《二人の仲を取り持つ》舟を棹で指し示して、これがそうだと私《彦星》に教えてほしい）

【七十二】神の斎垣《いがき》

この貴公子が、帝の御使として伊勢の斎宮寮に参じたとき、恋物語好きの女官がいて、公務を離れて冷やかした。

ちはやふる　神のいがき（斎垣）もこえぬべし
大宮人の　見まくほしさに

（神様の周囲を潔斎《けっさい》のためお囲いしている神聖な垣根さえ、《斎宮ときたら》越えてしまう勢いですね。《万葉集の歌によれば人を弄ぶという》宮廷人に会いたいばかりに）

彼も返した。

こひしくは　きても見よかし　ちはやふる
神のいさむる　みちならなくに
（恋しければ、逆にこちらへ出てきてごらんなさい。恋は神の禁じる道ではないのだから）

【七十二】大淀《おおよど》の松

少なくとも一度は逢ったのに、再度は逢わないままの女性が伊勢の国にいる。彼女を残してそのまま隣の国に行く必要があった男が、あまりに恨み言《ごと》を寄越すものだから、彼女は詠んだ。

おほよどの　松はつらくもあらなくに
うらみてのみも　かへるなみ哉
（大淀の松《伊勢の浦を動けずに待つ私》は辛く当たってなどないのに、浦《にいる私》を見るだけで浪は返って《あなたは帰って》しまうのよね）

【七十三】月のうちの桂《かつら》

昔、あるところにいることだけはわかっていても、手紙さえことづけられない立場の女性を、遠くから思慕しながら詠んだ歌があった。

めには見て　てにはとられぬ　月のうちの
かつらのごとき　きみにぞありける

（君は、目には見えても手には取れない月の桂のように、夢の彼方の雲上人《皇家の人》だなあ）

巻には、月には高さ百丈の桂樹が生えているとする渡来の伝説が知られている。

【七十四】岩ね踏《ふ》み

恋するあまり、彼が女性をひどく恨んだときの泣き言。

いはねふみ　かさなる山にあらねども
あはぬ日おほく　こひわたる哉

（恋路を隔てているのは、険しい岩を踏んでゆく山の重なりではない《君の気持ちひとつで逢える》のに。恋しすぎて苦しいまま、逢わない日がどんどん過ぎていくんだ）

【七十五】世に逢うこと難《かた》き女（海松《みる》）

「都かどこかに連れていき、一緒に暮らせないかな」

伊勢の国にいるあの女性に貴公子はそういった。彼女のほうは、

おほよどのはまにおふてふ　見るからに
　心はなぎぬ　かたらはねども

（《神代から凪《なぎ》で有名なあの大淀の》大いに凪いだ浜に生えるという海松だからこそ、《恋というものを》見るだけで何も言わないけれど心は波ひとつなく静まっているの《このおっとりとした伊勢が気に入っているの。どこにも行くつもりはないわ。うるさいことを言わないで》）

と、ますますつれない。

そもそも、大淀の浜のゆかりは、天照大御神《あまてらすおおみかみ》の御杖代《みつえしろ》（代理）として、船で安住の地を捜していた倭姫命《やまとひめのみこと》が、海が大淀に淀むほど凪いでいたこの浜を選んだといわれている。ひいては伊勢の地が神宮に選ばれたことに繋がっており、倭姫は斎宮のはじまりともされているのである。

彼女はこの故事をひき、暗に斎宮である自分の身分を匂わせるとともに、土地柄のよさと自分の責

務を盾に、男との付き合いを断ったのであった。

彼はなおも諦めきれずに、

袖ぬれて　あまのかりほす　わたつうみの
　見るをあふにて　やまむとやする

（漁をする海人ならば、袖を濡らして刈ったり干物にしたりする海の海松を、《あなたは》見ただけで会えたと満足して《採集せずに》やめてしまうのですね《私を見るだけで会ったことにして、恋に一歩踏み出す勇気がないのだ》）

と追いかけたが、女性はさらに彼を打ちのめした。

いはまより　おふるみるめし　つれなくば
　しほひしほみち　かひもありなん

（岩間より生えている海松《潮の届きづらいところにある＝身分が高い私》がつれなくしている方が、潮が満ちたり引いたり《海松を波で浮かせようとする努力》のし甲斐もあるでしょう《手の届かない女性のほうが、あなたも恋の駆け引きを頑張れるのよね》）

彼は落胆のあまりに詠んだ。

なみだにぞ　ぬれつつしぼる　世の人の
　つらき心は　そでのしづくか
（いま、涙だけでぐっしょりとし濡れた袖を絞っているところだよ。世の中の人《あなたも含めて過去に恋仲になった女性すべて》が私に辛く当たる心が、袖のしずくになるのだろうか）

逢うことが世にも難しい女性であった。

【第六章】ついにゆく道

絶世の美男も、過去の不朽の恋を追想する歳となり、人生の下り坂にさしかかる。
頼みの綱としていた人も出家してしまい、両親の死にも向き合い、
見果てぬ夢も叶わぬ日々のなか、誰もと同じように老いゆくこととなる。
その彼がとうとう手放せなかった〝深草野〟への思いとは、何だったのか……

【七十六】神代のこと（小塩《おしお》の山）

あの例の、貴公子の心の恋人・高子さまは宮中に入ってしまい、ついにはその皇子が帝（陽成帝）となったので、皇太后（帝の母）として、二条の后と呼ばれる人になっている。

その高子さまが、まだ皇太子に出仕していた頃のことである。

藤原北家の出である高子さまは、藤原家の氏神が祀られた大原野《おおはらの》神社に参詣された。

都の西の郊外、小塩《おしお》山麓にあるこの神社はその昔、皇后・藤原乙牟漏《おとむろ》の願によって創建されたことから、藤原一族の女性にとっては皇家との縁結びの神社とされている。

例の貴公子は、この高子さまの神社詣でに付き従って行かなければならなかった。悲しいことだが、皇家を近くで警護する近衛府の任務についている。

そうしてお護《まも》りしているとき、高子妃が皆にいつものご褒美の引き出物を下さったが、とりまとめ役に御車から妃が手渡してくださる。貴公子がその役だったので、頂戴にあたり、彼は歌を詠んだ。

大原や　をしほの山も　けふこそは
神世のことも　思（ひ）出《い》づらめ

（大原の小塩山《岩塩が取れ、神饌の塩を思わせる山》も、《藤原氏子孫のあなたの信仰心で》今日こそは神代の昔を思い出すことでしょう）

参詣を寿《ことほ》ぐ歌だが、この歌の後半からは、二重の深意がうかがい知れる。
大原野神社にも祀られている藤原家の祖神は、天児屋根命《あまのこやねのみこと》である。この神は、瓊々杵尊《ににぎのみこと》（皇家の祖）に付き従い、助ける神なのだ。それゆえ、帝に仕える忠臣として藤原家が祖神としたものでもある。つまり、

（今日こそは、藤原家の祖が本来、皇家の忠実な臣であった神代も思い出されるでしょうねえ《いまの藤原北家は、臣であったことさえ忘れているように傲慢《ごうまん》ですが》）

と、皮肉が強く匂うのだ。
さらに、彼の本音はこうも読める。

（もとはといえば、この社は私の曾祖母が発願して建てた神社。その昔も思いだされることでしょう《本来は皇孫の私こそ、あなたも含め、藤原家の人々に傅《かしず》かれてもおかしくなかったのに。二人を割いた不毛な運命が嘆かわしい》）

社の創建に携わった藤原乙牟漏は、平城帝の実の母であり、貴公子にとっては曾祖母にあたる人な

のである。

そもそも、この大原野は、貴公子の曾祖父・桓武帝が二十六度も放鷹に訪れられた地。大原野が春日野に似ていることから、皇后の祈願で春日大社の神々を分霊した社を建てたとされる。

皆、このような事情を知っているので、彼の心の裡《うち》を推《お》し量《はか》り、よほど切なかろうと思った。だが、むろん、人の心の中のことで、貴公子の本心がどうだったのかはわからなかった。

【七十七】春の別れ

さて、この話は、貴公子が笛を吹いて別れた初恋の人――西の京の女のその後である。

田邑帝《たむらてい》（文徳帝）という帝がいらっしゃった。この文徳帝の女御となった多賀幾子さまが卒去され、安祥寺《あんしょうじ》で法要が営まれた。

皆がお供物《くもつ》を差し上げたのを集めてみると、千かそこらはあった。お供物は、桜や松などの木の枝につけて立てるしきたりなので、お堂の前に供物が林立し、木立のある山を思わせた。

お釈迦《しゃか》さまの涅槃のときには、諸山大海が悉《ことごと》く震動したといわれるので、この山も、故事を踏まえてあらためて見ると、動き生じたかとも見えるのである。

この様子を踏まえて、多賀幾子さまの兄の藤原常行《つねゆき》（後に右大将《うだいしょう》となった）が、お経も終わる頃に歌人を集め、この法事を題に、春（お釈迦様の入滅した時季）の心を詠ませて多賀幾子さまに捧げた。

あの貴公子（後に右馬頭《うまのかみ》となった）は、涙で目をはためかせながら詠んだ。

山のみな　うつりて　けふにあふ事は
はるのわかれを　とふとなるべし

（諸山が皆動いて多賀幾子さまの本日の法事に参会するのは、お釈迦様ゆかりの涅槃の境地を訪れるためなのでしょう）

かつて恋した多賀幾子さまを亡くしてしまった彼は、心からこう詠んだのだ。

（お釈迦様のときのように諸山が皆動き、君の法要に来てくれたのは、私が眺め暮らしていた輝くばかりの〝春のもの――初恋の人〟との別れを弔うためなのだよなあ。巡り合わせで立ち会えたよ）

こう詠んだのを顧みて、貴公子は後日、もっといい歌が詠めたのにと思う。だが、このときは、この歌を皆が心まさりする歌といい、しみじみするといって褒めたのだった。

【七十八】千里浜の石

その多賀幾子さまの四十九日の法要が、山科《やましな》の安祥寺で執り行われた。

多賀幾子さまの兄・藤原常行は、法要の帰りがけに、人康《ひとやす》親王（出家の後は山科禅師と呼ばれた）の別宮に参上した。

山荘だけに、滝を落とし、水を走らせ、風趣きわまる佇まいであるのを拝見し、常行が申し出た。

「かねてより心酔致しておりましたが、お近くに参れましたのは初めてですので、よろしければ今晩は親王さまのお側でお仕えしたいものです」

親王も喜ばれ、ご臨席の宴を夜に設けるよう段取られた。

御前から下がった常行は、趣向を工夫しようとあれこれ考えた。

——親王さまにとお近づきになる手始めとして、手土産がなにもないのでは味気ない。

ふと思いついたのは、ある石のことであった。

常行の住まう西三条の屋敷に、皇太后（常行や多賀幾子の叔母に当たる順子）が御幸されたことがある。このとき、父・良相の所領の紀の国・千里《せんり》の浜より、姿のいい石があるのでと、献上用に運んできたのが、御幸の後に到着し、ある人の曹司の前に据えてあった。

「そうだ。庭の造作がお好きな親王さまなのだから、あの石を差し上げよう」

と、常行は供や雑役の者に命じて、石を取りに行かせた。

ほどなく、石は運ばれてきた。

この石は、聞くよりも見たほうが勝る石である。

ただ差し上げるのでは芸がないからと、常行は人々に歌を詠ませた。

そのなかから、あの貴公子の歌だけが贈り物の石に刻みつけられ、献上された。

石に生えた青苔に歌を彫って岩の素地を出し、蒔絵《まきえ》の手法で歌形の部分に漆を塗り、金粉を蒔いて歌を浮かび上がらせる。輝くばかりの贈り物となった。

あかねども　いはにぞかふる　色見えぬ
　心を見せむ　よしのなければ

（語り尽くせないのですが、目には見えない私のご奉公の心をお見せいたします。いままでは心をお見せする機会がございませんでしたので）


これは、親王さまへの常行の心を代弁した歌であるが、その実は、貴公子が多賀幾子さまに送った挽歌《ばんか》でもあった。

というのも。

西三条の屋敷でこの千里浜の石が置かれていた〝ある人の曹司〟こそ、多賀幾子さまの部屋であったのだ。


（まだまだ語り飽きないけれど、私の秘めた心は見えないだろうから、私の志をこの石に托しておくよ。君に心を見せる方法はほかにないから）

と、貴公子は永いお別れをしたかつての恋人に向けて詠んだのである。

【七十九】貞数親王《さだかずしんのう》

貴公子の一族、在原氏のなかに親王がご誕生になった。
かの貴公子・業平も御産屋《おんうぶや》の前に呼ばれた。人々が歌を詠むなか、親王の大叔父にあたる彼は詠んだ。このときの貴公子はすでに不惑を超えており、翁《おきな》といわれても可笑しくない年配であった。

わがかどに　ちひろある影をうへつれば
　夏冬たれ（誰）か　かくれざるべき
（我が一門に、千尋《ちひろ》《約六千尺。計りきれない高さの喩え》の竹を植えたので、夏冬の厳しさもその蔭でしのげない人がいるでしょうか《一門のなかに親王がご誕生になったので、苦難のときにもお救いくださいましょう》）

この親王は、清和帝の皇子、貞数親王。業平の兄・在原行平の愛娘が入内し、更衣として文子《ふみこ》の名を得、産んだ方である。
この当時の人は、貞数親王を貴公子の子と噂したとか。

（＊文子は高子に重用されていたため、親王は高子と業平の子であった可能性もあるか）

【八十】衰えたる家の藤

運勢の衰えた家に、藤の花を植えている人がいた。

三月の末日、春の最後の日に――その日は雨がしっとりと降っていたというが――、彼は藤の花を折り、身分の高い人のもとへさしあげるものとして詠んだ。

ぬれつつぞ　しゐておりつる　年の内に
はるはいくかも　あらじとおもへば

（雨に濡れて難儀しながら、あえて折った藤の花です。春がもう何日もないように思えますので）

ひとが藤の花を家に植えるのは、藤原家の盛運に与《あずか》るためといわれるようにまでなっている。権勢がなお増す一方の藤原北家を藤に擬《なぞら》えたとすれば、その花を折るこの歌は、いったい何を暗示しているのか。この人が貴公子であったとすれば、その心はうかがい知れようというものだ。

【八十二】 塩釜《しおがま》

当代一の美形で知られる例の左大臣、源融は、相変わらず華麗な暮らしぶりである。臣籍降下の境遇が似ていることから、貴公子はこの方に共感し、その風雅を仰ぎ見ては我が身を嘆じてもいる。

さて。

この方は、鴨河《かもがわ》のほとりの六条あたりに、洒脱な別邸を構えておられた。

「あのお屋敷は圧巻だ」

「左大臣の殿は、ほかにも指折りの別荘をお持ちだが、河原の院の興趣は格別」

「それもそのはず。陸奥国は塩釜（現在の宮城県塩竈市あたり）の浜景を模して建てさせなさった」

「憧れの陸奥、塩釜か」

「さよう。池には海水を汲み入れるほどのお心くばりとか」

見てきた者もそうでない者も噂する。

まだ見ぬ国として、陸奥は都人が思いを馳せる地となっている。風流人の源融が陸奥守を務めたゆかりもあるかもしれない。

庭にうちつづく河原の砂州が、塩釜の河口の前浜を思わせた。河原の院と呼ばれるゆかりでもあろう。

そんななか。

塩釜【第八十一段】

「伊勢物語絵巻」より（甲子園学院美術資料館蔵）

神無月《かんなづき》（旧暦十月。現在の十月下旬から十二月上旬頃）の月末ごろ、移り菊の色も白から紅に染まりきった盛り、紅葉も千種《ちぐさ》の色を競い合う晩秋に、親王さま方もお出ましになり、この屋敷にて夜通しの宴がもうけられた。

管弦の調べのなかで、酒盛りをし、世も白々と明けてゆく頃、左大臣の美意識を讃える歌詠みが始まった。

ここで、物乞いの爺さまに我が身をなぞらえ、身振りで演じて見せたのは、かの貴公子・業平である。彼は板敷の下の砂地におり、這っては立ち、歩いては往き来した。

そして、皆が歌を詠み尽くすまで待って詠んだ。

しほがまに　いつかきにけむ　あさなぎに
　つりするふねは　ここによらなん

（都にいたはずなのに、いつのまに塩釜に来てしまったんだろう？　たゆとう静けさの、素晴らしい朝凪のこの浦に、釣舟もきっと寄るだろうなあ）

都の鴨川の河原にいたはずの物乞いが、行旅《こうりょ》のあげく、はっと気づけば塩釜の砂浜に来ていた……という寸劇を、貴公子は自ら演じてみせたのである。

物乞いはまた、貧しくはあるが行旅は妨げられない。傷つきながら時空を超えた旅の果てに塩釜のような極楽を見られれば、それもまた夢の境地なのである。

源融の見事な造作を褒めるため、彼は即興劇つきの歌を詠んだのだった。

かつて訪れたとき、陸奥国には別天地の趣を持つ景色が多く、本朝六十余の国のなかに、塩竈に似た景観はなかった。だからこそ、左大臣邸に具現《ぐげん》した絶景に感じ入り、〝いつのまに塩竈まで来ていたのだろう？〟と、貴公子は詠んだのだ。

【八十二】渚院《なぎさのいん》の桜

惟喬親王とは、貴公子・業平の親友、紀有常の甥にあたる方で、文徳帝鍾愛《しょうあい》の第一皇子である。良房の権勢のために、帝の後継者争いから外されてしまったが、有常にしても業平にしても、何かのはずみでこの方の時代がめぐって来るのではと、唯一の僅かな希望の光として心の頼みにしている方である。

この方の別宮《べつぐう》が、都の南の外郊、山崎《やまさき》よりもまだ遠い水無瀬《みなせ》にあった。

年ごとにめぐり来る桜の盛りになると、親王はその別宮にご滞在になり、右馬頭だというある人（あの貴公子）を一緒に連れておいでになる。もう遙か昔のことなので、ある人の名は分からないとしておくが……。

名木を求めて馬を歩かせ、山野を踏みわけてゆくのが桜狩りの妙味であるが、その狩りの方はほどほどにして、一行は酒をたしなみつつ、和歌の歌作に耽った。

いま桜狩りをしているのは、皇家の鷹狩りの場で、桜の名所でもある交野《かたの》である。

この交野はまた、業平の曾祖父・桓武帝が十六度にわたり鷹狩りをしたゆかりの地でもある。

いま、一行は渚院の前にいる。これも桓武帝の休憩所として建てられたもので、やはり鷹狩りを好んだ嵯峨帝のときからは頓宮《とんぐう》（仮の休息用の御殿）となっている。

この渚院の桜がとりわけ見事だったので、その木のもとで下馬して座し、枝を折って桜の簪《かんざし》をおのおの冠に挿して、親王のお伴は皆、歌を詠みつつ興じた。

あの右馬頭はこう詠んだ。

世中《よのなか》に　たえて桜のなかりせば
　はるのこころは　のどけからまし

（世の中に初めから桜という存在がなかったら、春にも心がのどかだっただろうに《雅びで美しい存在は罪だ。憧れのあまり心が波立ち、切なくてたまらない》）

別の人の歌には、こうある。

ちればこそ　いとどさくらは　めでたけれ
　うき世になにか　ひさしかるべき

（散るからこそ、桜は切々と愛されるものだ。この憂き世に、永久に続いたほうがいいものなどあるだろうか）

この歌二首はそれぞれに美しいが、合わせれば栄枯盛衰《えいこせいすい》の歌にも読めるのである。

渚院の桜【第八十二段】

伊勢物語図〈部分〉（国文学研究資料館蔵　鉄心斎文庫）

それはさておき。

この木のもとを離れ、戻るうちに日暮れとなった。親王のお供が野の向こうから酒を携えてきた。

「飲み尽くそう」

と、酒宴の場を求めてゆくと、天の河というところに到った。

あの右馬頭が惟喬親王にお酒を差し上げた。

「交野で桜狩りをして、天の河のほとりに着いたことを題に、歌を詠め」

と、親王がおっしゃったのを受け、右馬頭は詠み申し上げた。

かりくらし　たなばたつめ（棚機女）に　やどからむ
　あまのかはらに　我はきにけり
（桜狩りをして日を暮らした。《暗くもなったので》棚機姫《たなばた》に宿を借りよう。あの天の川の河原に私は来ているらしいから）

親王は歌を作ろうとされ、何度も口ずさんでおられたものの、返せずにいらしたので、お伴していた紀有常が返した。右馬頭の歌へのまぜかえしである。

ひととせに　ひとたびきます君まてば
　やどかす人も　あらじとぞ思（ふ）
（《織姫は》一年に一度来る君《彦星さま》をお待ちしているので、あなたに宿を貸す人はな

いと思いますよ《残念でした》）

水無瀬に戻り、親王は別荘に入られた。世が更けるまで酒盛りをし、こもごもに語っているうちに、主の親王は酔われ、寝所にお入りになろうとした。

沈む時刻が遅い十一日の月も、山の端に隠れようとしている。あの右馬頭は詠んだ。

あかなくに　まだきも月の　かくるるか
　山の葉にげて　いれずもあらなん

（まだ見飽きず、夜も明けていないのに月が隠れてしまう。山の端によけてもらい、月を入れずにいてほしい）

親王に代わり申し上げ、紀有常が返した。

をしなべて　峯もたひらになりななむ
　山のはなくは　月もいらじを

（どうせなら峯がなだらかになり、平らになってしまえばいいのにね。山の端がなければ、月も沈みゆけないのだから）

【八十三】比叡の御室《みむろ》

こうして、桜の頃には水無瀬に通っていらした惟喬親王に、右馬頭こと貴公子は桜狩りのたびにお仕えしていた。

幾日かして、親王が都のお屋敷に戻られるのをお送りし、さて早く失礼したいと思うのだが、親王は彼にお酒をくださり、褒美もやろうとおっしゃって、お引きとめになる。

貴公子は、親王のお心を案じて気がかりになった。

まくらとて　草ひきむすぶこともせじ
　秋の夜とだに　たのまれなくに

（旅の枕とはいっても、草を結ぶこともしていないものは秋の夜長にも頼りにならない。人間もそうで、縁を結ばぬ者は頼りになりませんよね。《縁を結んだ私が春の短夜《みじかよ》を寝ずにおつきあいいたしますので、お頼りください》）

時は三月の末日、春の終わりであった。親王は、夜明かしをなさってしまった。

こうして、彼は親王のもとに参上し、お仕えしていたのだが、思いがけないことが起こった。

何と、この惟喬親王が、にわかに出家してしまわれたのである。

正月になり、お顔を拝見しようと、彼は親王が隠棲なさった小野《おの》に参上した。比叡山の麓で、雪嵩が尋常ならず高い。閉ざされがちの雪道を分けて御室に辿《たど》り着き、参上して拝眉《はいび》はかなったが、しみじみと悲嘆にくれていらっしゃる。貴公子は、昔のことなど思い出をこもごも申し上げた。もちろん、帰りたくなどなかった。ずっとお側に侍っていたかったのだが、正月ともなれば、外せない朝廷の行事がある。夕暮れ時には都に戻るとあって、

わすれては　夢かとぞ思《おもふ》　おもひきや
　ゆきふみわけて　君を見むとは

（悲しい現実をつい忘れ、夢かと思ってしまいます。あの栄華の日々と思い合わせると、まさか、雪を踏みわけた先の庵室であなた様を見ようとは思いませんでした）

世が世であれば、帝になられたかもしれないが、あの例の、藤原良房のごり押しが響き、皇太子の候補からも外されて以降不遇が続き、その失意から、惟喬親王は落飾《らくしょく》されたのだとか。貴公子は泣く泣く都に帰ってきたのである。

【八十四】千世《ちよ》もと祈る

この貴公子は、臣籍に下された身分であったが、母は内親王であった。

その母は、長岡というところにお住まいである。貴公子は都で宮仕えをする身であったので、母の

もとに参じようと思っても、なかなか思うようにはいかない。
内親王の男子は一人であったので、彼は愛情をふんだんにかけられていた。
と、ある年の瀬に母から
〝至急のこと〟
として手紙が届いた。胸騒ぎがして目を走らせると、

老《おひ》ぬれば　さらぬわかれのありといへば
　いよいよ見まくほしききみかな

（私もずいぶん年老いてきたわ。この先には避けられない別れ《この世の別れ》があるというので《また一つ年を重ねゆく年の瀬には》、ますますあなたを、どうしてもひと目見たいなと思うものよ）

母の愛のもとでは、人は大人から子どもに戻ってしまう。貴公子は、ひどく泣いて詠んだ。

世中に　さらぬわかれの　なくも哉《がな》
　千《ち》よもと祈る　人のこのため

（世のなかに、この世の別れなどなくなってほしい。《親に》千世《ちよ》《千年も。永遠に》生きていてほしいと願う、人《あなた》の子《息子》のために）

【八十五】目離《めか》れせぬ雪

この貴公子が、かねてより長年お仕えしていた君が、出家なさってしまった。惟喬親王のことである。

貴公子は、朝廷にお仕えしているため、常には伺えないのだが、以前よりお仕えしていた心の持ちようのままなので、睦月には必ず御室に参上する。

親王に昔お仕えしていた者たちが、仏門に入った人もそうでない人も、大勢集まり参じる。

「正月の立春《りっしゅん》なので、事が始まり、縁起がいい」

からと、親王は大御酒《おおみき》を下さる。

天が恵みこぼすかのように雪が降りしきり、一日中やまない。人は皆酔い、〝雪に降り込められている〟ことを題に、歌を詠み始めた。

おもへども　身をしわけねば　めかれせぬ
　ゆきのつもるぞ　わが心なる

（《いつもこちらでお仕えしたいと》いつも親王さまを思っているのですが、身を二つにはできないので、この降り続く雪のように、帰り道をなくしたいとばかりに積もるのがわが心だと思ってください）

と貴公子が詠んだので、親王はほんとうにしみじみとなさり、ご着用の御衣を脱いで、褒美に下さったのであった。

【八十六】忘れぬ人は

たいそう若いときに、若い女性とお互いに思い交わしていた人があった。双方ともが親の意向を恐れて心をひた隠しにし、言い出しかけたものの言わず、つきあいもそれきりになった。

何年かして、なおけじめをつけたいと思ったのだろうか、彼は女性のもとに歌を詠んで届けたそうである。

今までに　わすれぬ人は　世にもあらじ
　をのがさまざま　年のへぬれば

(古今東西、昔のことを忘れない人は、この世にはいるはずもない。お互いの事情も心もさまざまに転変しつつ年が重ねられますので《とはいうものの、あなたはどうなのですか》)

と。だが、やはりこれで仕舞いになった。

二人とも、さほど遠からぬところで宮仕えをしていたとか。

【八十七】布引《ぬのびき》の滝　父の千世

あの摂津国の、ご存じの菟原郡の、芦屋の里に所領があり、貴公子はここに住んでいたことがある。

古い歌に、

あしのやの　なだのしほやき　いとまなみ
　つげのをぐしも　ささずきにけり

（芦で屋根葺きをした小屋が居並ぶ灘《なだ》で塩焼きを業とする人《海女》は、《多忙なあまり》黄楊《つげ》の櫛もささずに《身なりも構わずに》灘に来ているよ）

と詠まれたのがこの里で、芦屋の灘とは、特にこのあたりをいったものである。

貴公子は、宮仕えはしているものの、このときは蟄居《ちっきょ》か母の喪中か、ともあれ中途半端な形で芦屋にいたので、この契機にと、仲間うちの衛府《えふ》の佐《すけ》（警備のお役の次官）らが集い来た。

貴公子の兄さまの衛府の守《かみ》（長官）もともに来ており、家の前の海のほとりを遊び歩いた。

「この山上に、有名な滝があるそうだ。布引の滝だとか」

「よし、見に登ろう」

と、一行は登っていった。

見れば、滝はほかと異なる趣であった。長さ二十丈、広さ五丈ばかりの岩場の面を、白絹が包んだように見える。

滝の上方には、藁《わら》の円座ほどの大きさで突き出し、滝を堰《せ》いている石がある。その石の上に走りかかった水は、小さな柑子《こうじ》(柑橘類の実)や栗ほどの大きさの粒となってばらばらとこぼれ落ちる。

仲間の皆に、滝の歌を詠ませた。まず兄さまが率先して詠む。

わが世をば　けふかあすかとまつかひの
　なみだのたきと　いづれたかけん

(わが一族の世を今日か明日かと待つ、その甲斐も無い涙の滝と、この滝とを比べると、いずれが高いのだろうか)

続いて、この日の主である貴公子が詠んだ。

ぬきみだる人こそあるらし白玉の
　まなくもちるか　そでのせばきに

(滝の水は白玉のように繋がっているものだが、上方に誰かがいて玉をつなぐ緒を抜き、流れを乱しているらしい。だから、受けとめる私の袖がこんなに狭いのに、絶え間なく水しぶき《涙》が散るんだろうね)

と、いかにも自分の出世がある人——藤原北家の誰か——に邪魔されていることを揶揄《やゆ》したように聞こえる歌を詠んだので、傍らにいた皆が事情を踏まえて笑い出したからか、この歌がいいということになって、ひとまず終わった。

戻り来る道は思いのほか遠く、貴公子たち在原兄弟の亡父で、宮内卿《くないきょう》であった阿保親王の、千世し（千代《せんだい》も栄え続けてき）た（在原家の）屋敷の前に来る頃には、日が暮れていた。今晩泊まる予定の、芦屋の灘の屋敷のほうを見やると、天地の境も融けゆく闇に、ぽつりぽつりと篝《かがり》火《び》がちらつくのは、海人の舟の漁《いさ》り火だろうか。

貴公子は、思い出深い家の前で、父に思いを馳《は》せながら詠んだ。

　はるる夜の　ほしか河辺の蛍かも
　わがすむかたの　あまのたく火か

（《あの瞬く光は》晴れた夜空の星々なのか、あるいは《雲上の人である父の魂近くまで翔ぶという》河辺の蛍であろうか。私の住まう潟で海人が焚《た》く火なのか。いずれにも見えることだよ）

さて。

家に戻ったその晩は、南からの強風が吹き、波も高かったので、翌朝は浜に打ち上げられたものが多かった。

布引の滝【第八十七段】

伊勢物語図〈部分〉（国文学研究資料館蔵　鉄心斎文庫）

家に仕える女性の子らが浜に出て、波で浮き、打ち寄せられた海松を拾い、家の台所に持って来た。給仕係の女性らが、その海松を高杯《たかつき》に盛りつけ、柏《かしわ》の葉を蓋《ふた》代わりにして出したが、その柏の葉に歌が書いてあった。

渡《わた》つ海《み》の　かざしにさすといはふも（藻）も
　きみがためには　おしまざりけり

（《松は長寿の縁起物なので》海の神が簪にして不老長寿を祝うという藻《海松》も、あなた様《お客様たち、とくに兄さま》のためには惜しむことなく差し上げます。ご堪能ください）

柏の葉の蓋をしたのは、柏も寿命が長く常に葉が青々としているので、松柏《しょうはく》と揃えば不滅の命への願いとなるためである。

海松に柏の葉を合わせることで、貴公子は一献に松柏の興を添え、父の千世も思い合わせて、皆の長寿と家運を祈ったのだった。

この趣向つきのこの歌は、田舎住まいの人にしては、凝《こ》り過ぎか、不足か、よかろうか。

【八十八】月をもめでじ

もう若いとはいえない友らが誰彼となく集まって月を見たとき、そのなかに一人、茶化した歌を詠んだのは貴公子である。

おほかたは　月をもめでじ　これぞこの
　つもれば人の　おいとなる物
（たいていの人が月を褒めまいとするのは、ほら、あれだよ、月というものが積もれば年にかわり、人の老いを追いたてるものだからだろうな）

よほど、皆の月の歌が下手だったのかもしれない。

【八十九】なき名

貴公子は、臣下になったとはいえ皇家の血筋であるが、さらに身分が上の方と秘めた恋を深めつつ、何年も経った。

ひとしれず　我こひしなば　あぢきなく
　いづれの神に　なきなおほせん
（人の知らない恋のせいで私が死んだら、《あなたの恋人としての名を誰も知らず》張り合いがない。あなたはどの神様に誰も知らない亡き恋人の名をおっしゃるのですか《神様にだけで

も、あなたの恋人として私の名を堂々とおっしゃってください》）

【九十】明日の夜の桜花

つれない女性を、どうにかして振り向かせたいと思い、誘いかけている人がいた。熱意についい気持ちが動いたのか、

「明日、御簾《みす》越しにでもよろしければ」

と女性が応じたのがあまりに嬉しく、また一方では、約束が守られるかどうか疑わしくもあったので、見事に咲いた桜の枝に歌をつけて届けた。

さくら花　けふこそかくも　にほふとも
　あなたのみがた　あすのよのこと

（桜の花が、今日のいまこそこのように匂い咲き誇っていますが、ああ、頼みがたいのは、はかない花の明日の夜の様子です《あなたは今日こそ匂いやかな約束をしてくださいましたが、明日になって心変わりのないよう願います》）

この歌のような気持ちになることもよくあるものだろう。

【九十一】春のかぎり

月日のゆくことをさえ嘆じる人が、春の終わりといわれる三月の晦日《みそか》ごろに詠んだ。

おしめども　春のかぎりの　けふの日の
　ゆふぐれにさへ　なりにける哉

（まったく、春が惜しい惜しいとは思いながら、ついに春の終わりの三月末日、それも日が落ちる寸前にまでなってしまったよ《人生も同じだが、永遠の春を願うのは、見果てぬ夢なのだろうなあ》）

【九十二】棚《たな》なし小舟

これも昔の話、恋しさから、彼女のいる都に何度も来るのだが、文さえ渡すことができず芦屋に帰り、貴公子は切なさを詠んだ。

あしべこぐ　たななし小舟《を》いくそたび
　ゆきかへるらん　しる人もなみ

（蘆辺《あしべ》を漕ぎゆく棚なし小舟《荒波に抗し難い私》は、知る人もなく《文も渡せないので、彼女は私が足を運んだことさえ知らず》幾度となく往来するのだろうなあ）

（＊この話は六十五段の話を思い返した男の感懐と思われる）

【九十三】貴《たか》きいやしき

彼は、自分の身分からすればこの上なく高い身分の女性に恋した。あてどないわけでなく、望みがあったものだからか、臥しては思い、起きては思い、やるせない思いで詠んだ。

あふなあふな　思ひはすべし　なぞへなく
たかきいやしき　くるしかりけり

（身分のかけ離れた者どうしが恋をするのは何にも例えようのないほど苦しい。逢う度逢う度にそんな思いをするだろう）

恋する者たちが身分の隔たりに苦しむことは、この世につきものである。昔からそうだ。

【九十四】紅葉も桜も

ある人が、どんな事情があったのだろうか、住んでいた彼女のもとを離れてしまった。結婚の解消である。

彼女には、新しく通う人ができたのだが、この元夫は、彼女との間に子もあるので、細やかにではないものの、折にふれて連絡をとっていた。

彼女は絵を描く人だったので、彼は絹の反物を届け、描いてほしいと頼んだ。ところが、いまおつきあいしている彼のものを手がけているからといって、一日、二日待っても仕上がらず、寄越さなかった。やや白けた彼は、

「君が私の申し上げたことを後回しにして、絵を仕上げてもらえてないのは、まあ当然だとは思うが、あなたや新しい彼を恨みつつ待つべきものなのかねえ」

と、からかいながら詠んだ。ときは秋であった。

秋の夜は　春ひわするる　物なれや
かすみにきりや　ちへ（千重）まさるらん

（秋の夜になると、春のうららかな日を忘れるからか、春霞を千も重ねたほど秋の霧のほうが濃いね《私に飽きが来て、恋した頃のことは忘れたために、霞のごとき私の思い出より、新たな彼への思いは、いま湧いている霧のように相当濃いのだろうね》）

彼女の返しはといえば、こうであった。

千々《ちぢ》の秋　ひとつの春に　むかはめや
　もみぢも　花も　ともにこそちれ

（紅葉の色とりどりの秋が、桜花の色ひとつの春に立ち向かえましょうか。できません。争えば紅葉も花も、ともに散ってしまいますからね《個性的な方たちですもの、それぞれに良さがあって優劣などつけられません。争いとなれば、どちらも見苦しいものですよ》）

【九十五】へだつる関《せき》

あの貴公子の心の恋人、二条の后にお仕えしている男がいた。

同じく后にお仕えしている女性と、いつも互いに姿を認めあっているうちに彼は彼女を見初め、ついにある夜、思いを告げにいった。

「せめて物越しに（簾か衝立《ついたて》などを隔てて）でも会えませんか。すんなり言えずにつかえた思いを、何とか少しでも晴らしたい」

といったので、彼女はこっそりと物越しに会った。

と、恋をこもごも語ったあげくに、彼は詠んだ。

ひこぼしに　こひはまさりぬ　あまの河
　へだつるせきを　いまはやめてよ
（私の恋心の切なさは、彦星よりも勝っている。織姫との間の関となっている天の河よ、もう堰《せ》くのをやめてほしいものだ《彦星よりも切ない。物越しなどやめてしまい、じかにお会いしたくてたまらない》）

この歌に恋心が芽吹いて、彼女は隔てを取り払い、結ばれてしまったそうである。

【九十六】天《あま》の逆手《さかて》

ある女性を、春秋を経てあれやこれやと口説き続けた男がいた。女性も岩や木のように頑なというわけではない。断るばかりで心苦しく思ったのか、ようやく愛しさも芽生えたようだった。

折あしく、その頃は水無月《みなづき》半ばで蒸し暑く、彼女の体に湿疹が幾つかできてしまった。

彼女がくれた手紙には

「ともかく暑いし、体に湿疹もできて、いまは何をする気もありません。少し秋風でも吹き立ちましたなら、必ずお逢いしましょう」

と書いてあったので、それを望みに秋はまだかと男は待った。が、彼女の周囲の誰や彼やが察知して「家を出て彼のもとに去ってゆくらしい」と噂が立ち、ごたごたと揉めはじめた。

それが響いて、にわかに彼女の兄さまが彼女を迎えにきた。

どこかへ連れて行かれる間際、彼女は侍女にかえでの初紅葉を拾わせ、歌を書きつけた。

秋かけて　いひしながらも　あらなくに
　この葉ふりしく　えにこそありけれ

（秋に思いをかけて約束を口にしながら、果たせませんでした。もう江に木の葉が降り敷く季節ですけれど《私の気持ちは、この楓の初紅葉のようにほのかに色づき、あなた――え――のもとにかえりたいのです。でも、木の葉の積もった江のように、ご縁は浅かったのですねえ》）

こう書き置いて、彼女は「あの方からのお使いがきたら、これを渡してね」といい、去ってしまった。

さて、その後だいぶ経つが、ついに今日まで消息はわからない。好んで去ったのか、嫌々ながらだったのか。

あの男性は〝天の逆手〟という呪いの柏手を打って、二人を裂いてしまった人を呪いながら暮らしているらしい。不気味なことだ。

「人の呪いは相手に及ぶのか及ばないのか、いまに見ろ」

などといっているとか。

【九十七】桜花　散り交《か》いくもれ

堀河《ほりかわ》の大臣が四十の賀を迎え、九条の別邸で宴を開いたときの話である。この堀河の大臣とは、あの貴公子が不朽の恋をした心の恋人、高子さまの兄・藤原基経である。例の太政大臣・藤原良房の養子になり、後継として出世の王道を歩んでいる。

この祝いの席で、後に中将となった貴公子は詠んだ。

さくら花　ちりかひくもれ　おいらくの
こむといふなる　みちまがふがに

(桜花よ。散り行き交う花吹雪で目の前を曇らせてほしい。老いが来るというその道を紛らせるほどに)

昔、この基経に恋を引き裂かれた貴公子も不惑《ふわく》を超えたものの、大臣の四十を祝う賀の歌としては皮肉にも聞こえるがどうか。

【九十八】梅の作り枝

これも昔の話、あの例の太政大臣良房に仕えている男がいた。その人は、長月《ながつき》（旧暦九月。現在の九月下旬から十一月上旬）頃に、季節外れの梅の造花の枝に雉をつけ、太政大臣に奉り、歌を贈った。

わがたのむ　君がためにと　おる花は
　ときしもわかぬ物にぞ有りける

（私が頼りにさせていただいている主君のために折った花は、季節もわきまえずに咲いておりますよ《柱とお頼みする太政大臣様のためになら、不可能も可能にいたすつもりです》）

太政大臣は、立派だ上手だと相好《そうごう》を崩《くず》し、使いの者に褒美を賜ったという。

【九十九】見ずもあらず

右近衛府の馬場《ばば》で、早朝に騎射が行われる日、見物に来て向かい側に駐車している牛車の下簾《したすだれ》から、女性の美しい顔がほの見えたので、あの貴公子が歌を贈った。

見ずもあらず　見もせぬ人のこひしくは
　あやなくけふや　ながめくらさん
（見ないわけではないが、よく見たわけでもない人がこんなに恋しいのは、今日はわけもなく《誰なのかと》悩み暮らす一日なのでしょうか）

女性からの返しは、

しるしらぬ　なにかあやなくわきていはん
　おもひのみこそ　しるべなりけれ
（私を知るも知らないも、何かのわけもなく女性を見分けられるのですか。この人だけは別格という思いだけが恋の道しるべでしょうに）

とあった。後日、この女性が誰だかわかったそうである。

【百】忍ぶ草

この貴公子が、女御や更衣が住まわれる後涼殿《こうろうでん》と清涼殿との間の廊下を渡っていたところ、やんご

となき身分の方のお部屋から
「これを忍ぶ草というのかしら（あなたは私のことをまだ恋い慕っているというけれど、実は忘れているのではないかしら）」
と、侍女に忘れ草をことづけて寄越したので、頂戴して詠んだ。

忘草　おふるのべとは　見るらめど
　こはしのぶなり　のちもたのまん
（私のことを、忘れ草が生える野辺だと眺めておいでのようですが、これはおっしゃるとおり忍ぶ草なのです。いつまでも心の支えです《あなたを忘れるわけがない。ずっとお慕いしていますとも》）

【百二】あやしき藤の花

さて。貴公子の兄・在原行平が左兵衛督《さひょうえのかみ》だった頃のこと。自分の家によい酒があるというので、殿上人で後に左中弁《さちゅうべん》（官僚の経理・総務などの監督官。大、中、小の弁官《べんかん》がいる）も務めた藤原良近《まさちか》という人を正式な主賓《しゅひん》とし、客を招いて酒食を振る舞ったことがある。
行平は風趣を好む人で、大きな瓶に花を挿《さ》して飾ったが、その花のなかに、見事ではあるが異様な藤の花があった。枝がしなうほどに花がつき、花房の長さも三尺六寸《じゃくすん》（およそ一米《メートル》八糎《センチ》）ばかりもある。

その藤を題に歌詠みがはじまった。

兄の家で宴会があると聞き、やってきていた貴公子は、歌の披露ももう終わりというころになってつかまり、歌を詠ませられた。

まったく歌のことなどわからないので――これは貴公子得意のおとぼけで、実は誰もが歌人と知っていた――、固辞したが、否応なしに皆に押し出され、こう詠んだ。

さく花の　したにかくるる人をおほみ
　ありしにまさる　ふぢのかげかも

（これはまた、古今のどんな花にも勝る、ずいぶん素晴らしい藤の蔭ですねえ。咲く花の下の蔭に隠れる人が多いからかな）


藤の花木はしばしば藤原家に喩えられるので、この歌はさすがに、その場にいた人にも藤原家を揶《や》揄《ゆ》した歌に聞こえる。

（《藤原北家が栄華をきわめている蔭で、ほかの人々には日が当たらない》）

といっているようなものだ。

「なぜ、こんな歌を詠んだんだ」

と場がざわついたのはいうまでもない。貴公子たち兄弟の立場が立場だし、いうにことかいて、主賓は藤原氏の官僚なのだから、凍りつきかけた。

あやしき藤の花【第百一段】

伊勢物語図〈部分〉
（国文学研究資料館蔵
鉄心斎文庫）

が、さらに事情に詳しい人なら、この主賓の良近の父が、やはり藤原北家に弾《はじ》き出された人であったことを思い出したはずである。

良近の父・藤原吉野《よしの》は、北家とは異なる藤原式家《しきけ》の雄として、第一線にいた人であった。が、帝位にからむ事件に与したとして、左遷のあげく、生涯、入京を許されないまま死している。

それもこれも、北家の藤原良房が自分の甥を皇太子にしたいがための画策からはじまったこと。在原達兄弟の父、阿保親王をも苦しませたあの一件であったのだ。

だからこそ、貴公子はこんな意味も歌に含ませた。

《見事だが異様な藤原北家の栄華は、良近殿の式家を含むさまざまな人を日陰の身にしていますねえ》

ともあれ。

この歌が皮肉と受けとめられるだろうことは貴公子にもわかっていたので、彼はいいわけをした。

「太政大臣の栄花の盛りに多くの人がお仕えしているおかげで、藤原氏が格別に栄えていることを祝って詠んだのですよ」

と。

皆、これで非難はしなくなったのだとか。あるいは、知らん顔をしたとも。

【百二】山里の尼

歌は詠まないけれど、男女のことも世の中のことも身に沁《し》みている男がいた。

ある高貴な女性が尼となり、世のなかを疎んじて、都でさえない遥かかなたの山里に庵室を結んだ。彼はこの方の親族だったので、歌を詠んで届けた。

そむくとて　雲にはのらぬ物なれど
世のうきことぞ　よそになるてふ
（世の中に背を向け、出家されているとはいっても、《仙人のように》雲には乗らないでしょうけれど、《山間に住まわれると》世の煩《わずら》わしさにはとらわれなくなるといいますね《同じ皇家の出で世に食傷している者として、羨ましいことです》）

この人は、もと斎宮だった内親王さまである。

【百三】寝《ね》ぬる夜の

真面目な上にも真面目な人がいた。むろん、悪気など毛頭なく、深草の帝（仁明帝）にお仕えしていた。

が。

心が何をどう過《あやま》ったものか、親王方が寵愛なさっている女性と、密《ひそ》かに愛し合うことになってしまった。

そのとき、彼は女性に

ねぬる夜の夢をはかなみ　まどろめば
いやはかなにも　なりまさるかな

（《朝帰りから戻ったばかりで、うとうとしているが》ついさっき二人が結ばれた夜のことを夢でたどり、朧《おぼ》ろに思い返しながらまどろむと、ますます儚《はかな》くなってしまうよ《夢などではなく、一刻も早くまた契りたいんだ》）

と詠んで届けた。何とも見苦しい歌ではないか。これもあの貴公子の歌だとか。

（＊この段の女性は初恋の人多賀幾子である。彼女は、仁明帝の皇子で後に文徳帝となった道《みち》康《やす》親王に仕えた）

【百四】目《め》配《くば》せを

これといった事情もなく、尼になった人がいた。姿は尼らしく窶《やつ》しているが、行事の見物をしたかったのだろうか、賀茂の祭りに出てきているところへ、ある男が歌を詠んで渡した。

世をうみの　あまとし人を　見るからに
　めくはせよとも　たのまるる哉《かな》
（海の海女さんを見つけたからには、海松《みるめ》を食べさせて欲しいなどと、お頼みします）

彼女は元の斎宮だったので、彼は伊勢の海を思わせる掛詞の言葉遊びで冷やかしたのである。

（世を憂みて尼となったあなたを見ると、《通うのはもちろん無理でも、目で恋を交わすという》目配せくらいはしてくださいと頼みたくなります）

元斎宮は車で見物していたが、男のこの戯《ざ》れ言《ごと》を受け取られたあと、途中で帰ってしまわれたとか。

【百五】白露

「こんな苦しい恋では死んでしまうよ」

とある人がいいやったときに、女性が詠んだ。

白露は　けなばけななん　きえずとて
たまにぬくべき　人もあらじを

（白露は、そもそも消えるものだから、消えるなら消えてしまえばいいの。消えないとしても、よくある白露を玉のかわりに糸で繋いでおく人もいないでしょうに《あなたの思いは、白露のようにすぐ消えてしまうもの。死ぬというのも口先だけであてにできないし、玉のように大事に繋いでおこうという人なんていないわよ》）

――いいたい放題だな。ひどいじゃないか。

と思ったが、つれなくされてますます気持ちが募ったのだそうな。

【百六】龍田河《たつたがわ》

あの貴公子が、親王の方々が旧都をそぞろ歩きなさっているところへ参上し、龍田河のほとりで詠んだ。

ちはやふる　神世もきかず　たつた河
からくれなゐに　水くくるとは

（天地万物を激しい勢いで震わせせられた神々の世にも、今日のこの、いかにも不可思議な龍田河のように、唐紅《からくれない》の色に染まった紅葉が水をくくり染めにしているさまは聞いたことがございません）

彼の脳裏には、祖父、平城上皇の御歌があったようだ。同じ龍田河を織物と見て次のように詠まれたのを踏襲《とうしゅう》し、染め物に喩えたのだろうか。

たつた河　もみぢみだれて　ながるめり
わたらばにしき　なかやたえなむ

（龍田河には、紅葉が色とりどりに流れているようだ。渡れば紅葉で織りなした錦が途切《とぎ》れてしまうだろう）

からくれないという色名は、貴公子の頃から盛んになったので、確かに、神代にはない。万葉集にもない。延喜式《えんぎしき》にある韓紅花《からくれない》は、紅花《べにばな》染めの濃い黄赤の色から、藁灰《わらばい》や麸《ふ》で黄みを抜いたものだという。

紅花じたいが上代に渡来した花で、ずば抜けた高級品でもあり、材料をふんだんに使う濃い色は垂涎《すいぜん》の的であった。唐《から》・韓《から》の響きによる異国の風情と美感も伴ったので、色名が生まれ、好んで口にされたようである。

（＊この歌は、心の恋人・高子が皇太子に出仕していたとき、龍田川に流れる紅葉を描いた屏風の前で、歌人たちに詠ませたもののうち業平のものともいう。高子妃は和歌を盛り立てる立役者の一人となってもいた）

龍田河【第百六段】

伊勢物語図〈部分〉(国文学研究資料館蔵　鉄心斎文庫)

【百七】文《ふみ》の案

あの典雅で知られる貴公子の家で仕えている女性がいた。

彼女を見初めた内記《ないき》（朝廷の記録係の役人）の藤原敏行《としゆき》という人が、思いを伝えにやってきたが、彼女はまだ若く、手紙の書き方さえ未熟で、言葉の用いようもままならない。ましてや歌などはとても詠めなかったので、家の主である貴公子が文の案を出して下書きをしてやり、彼女に清書をさせた。

そうとは知らない敏行は、歌にのぼせ上がってしまった。

敏行が女性にあてて詠んだ歌は、

つれづれの　ながめにまさる　涙河《なみだがわ》
　そでのみひぢて　あふよしもなし

（物寂しい長雨の日々となり、涙河の水嵩が増え、袖が濡れるばかりで葦《よし》さえ見ません《所在なくあなたを眺めるだけで涙して、袖を濡らすばかりで逢うすべもありません》）

……と訴えたのに対し、貴公子は彼女に代わって、

あさみこそ　そではひづらめ　涙河
　身さへながると　きかばたのまむ
（涙河の深さが浅いからこそ、袖だけがひたされるのでしょう。もし、体ごとが流されるくらいに涙河が深いと聞けば、私もあなたを頼りにしますのに《涙で体が流されるくらいに深く愛してくださるなら信頼いたします》）

と応じたので、敏行は感嘆のあまり、いまのいままで彼女の文を巻き、文箱《ふばこ》に大事に入れてある……と、そういうことだそうである。

この敏行が、彼女を手に入れてしまってからまた手紙を寄越した。

「雨が降っているようで、君のところへ行こうかどうかと迷っているんだ。運が良ければ止《や》みそうだけれど」

などとあったので、貴公子は苦笑しながらまた彼女に代わって歌を詠んでやった。

かずかずに　思ひおもはず　とひがたみ
　身をしる雨は　ふりぞまされる
（数を重ねたように確かに、深く思ってくださっているのかどうか、問うことなど私にはできません。そんな私の切ない身を占う雨が、身を濡らしつつ、降りまさっています《こんなに切ないのに来て下さらないのですか》）

これを目にした敏行は、蓑笠《みのかさ》を身にまとう余裕もないほど慌て、ぐっしょり濡れながら、周章狼狽《しゅうしょうろうばい》の態でかけつけたとか。

【百八】蛙《かわず》のあまた

ある女性が、恋人の情が薄いのを恨んで、

風ふけば　とはに浪こす　いはなれや
　わが衣手《ころもで》の　かはく時なき

（風が吹けば、いつも波に頭上を越されてしまう岩なのね。だから私の袖が濡れて乾く間もないのよ《ほかの人に心が動くと、私を避けて通り過ぎるあなた。だからいつも泣いているの》）

と、いつも口癖のようにいっているのを、恨まれている彼が聞いて詠んだ。

夜ゐごとに　かはづのあまた　なくたには
　水《みづ》こそまされ　雨はふらねど

（夜に田にいついた雨蛙《あまがえる》が集団で鳴いているあの田には水が張られて水嵩が増したとはい

え、田植えの季節となって交尾の呼び交わしをしているだけで、雨の予報ではないから雨は降らない——涙は出ない——よ《夜、君のもとにいるたびに何匹ものアマガエルのようにうるさく求められ叱られると、会わない——見ずの——気持ちが増すだけで、涙も出ないよ）

【百九】花よりも人

ある人が、大切な人を亡くした友に贈った歌。

花よりも　人こそあだになりにけれ
　いづれをさきに　こひんとか見し

（桜の花もはかないというが、人のほうがもっとはかなくなったのですね。花が咲き、人が生きていたときには、この先恋しくなるのはどちらか考えたこともなかったでしょうが。お察しいたします）

【百十】たま結び

ある人が、密かに通っている女性がいた。彼女のもとから〝あなたが今宵、私の夢にいらっしゃいました〟といってきたので、彼は詠んだ。

おもひあまり　いでにしたまのあるならん
　夜ふかく見えば　たまむすびせよ

（恋するあまり、私の魂が出かけたのだろう。夜更《よふ》けにあなたが私を夢で見たら、魂結《たま》びのまじないをして、あなたのところに私の魂を足止めしてください）

【百十二】二度と会えない人を

雲の上の女性のもとへ届けた歌で、ある男が、亡くなった昔の恋人を弔うと見せかけながら、彼女への恋心を告げた。

いにしへは　ありもやしけん　今ぞしる
　また見ぬ人を　こふるものとは

（昔はあの方への恋心がありましたが、いまこそまた、もはや二度と会えない人《亡くなった女性、そして雲の上なので二度は逢えないあなた》を恋することがあるのだと知りました）

女性からの返しは、

したひもの　しるしとするもとけなくに
　かたるがごとは　こひずぞあるべき
（下紐が解けることは恋の兆候だというが、私のはほどけていません。あなたはおっしゃるほど恋しているわけではないでしょう）

さらに男はこう返した。

こひしとはさらにもいはじ　したひもの
　とけむを人は　それとしらなん
（恋していますなどと、野暮《やぼ》を重ねては申し上げません。下紐がおのずと解ければ、間違いなく私の恋と知っていただけるのでしょうから《もう私の気持ちだけはお察しですよね》）

【百十二】おもわぬ方に

いつもくっついて、好きだ好きだと熱心に口にし、あなただけなどと誓いもしていた女性が、急に様子を変えて他の人に心を移してしまったので、元の彼が詠んだ。

すまのあまの　しほやく煙《けぶり》　風をいたみ
　おもはぬ方に　たなびきにけり

（須磨《すま》の海人が塩焼きをしたときの煙は、風のすごい勢いで、思いがけない潟にたなびいていったことだよ《恋愛に燃える君は、あの勢いで今度は新たな彼になびいたんだな。意外だったよ》）

【百十三】やもめ

妻をなくして長いあいだ独り身の男が詠んだ。

ながからぬ　いのちのほどにわするるは
　いかにみぢかき　心なるらん

（長くない命なのに、もう女性たちに忘れられてしまったのは、彼女らがほんの少ししか私のことを思ってなかったからだろうか）

【百十四】芹河《せりかわ》行幸

仁和帝《にんなのみかど》（光孝天皇《こうこう》）が芹河にお出ましになったとき、帝はあの貴公子の兄・行平を、大鷹狩り

（冬の鷹狩り）の放鷹に、鷹飼としてお伴にお連れになった。

兄はこのとき、すでに六十八、九歳だったので、いまは狩りのお伴など似つかわしくないのだが、かつては鷹狩りの名人といわれた一人で、芸として身についていることでもあり、伺候《しこう》した。

彼の摺《す》り衣のたもとには、こう記してあった。

おきなさび人なとがめそ　かり衣
　けふはかりとぞ　たづもなくなる

（狩衣よ。年寄りめいた者が狩をしているからといって、その人を、咎《とが》めないでほしい。今日は狩りだと《獲物の》鶴《たづ》も鳴いている）


この日の狩りは、とりわけ放鷹がお好きであったあの嵯峨帝にならって行われたものであった。光孝帝が嵯峨帝の母、橘《たちばなの》嘉智子《かちこ》さまに可愛がられていらしたゆかりから、しばらく行われていなかった鷹狩りを復活されたのである。

それゆえ、行平は歌のなかに、天にも届くという鶴の声を詠み込み、〝今日の狩りの特別さが天にましますに方々にも届きますように〟との思いをこめたのだ。


が。

光孝帝のご機嫌はすこぶる悪かったという。

なぜか。

この帝が即位されたのは五十五歳になってからと、とりわけ遅かった。行平は〝翁さびた人〟と自分のことをいったのだが、帝はご自身への皮肉と取られたのだとか。

【百十五】興《おき》ノ井《ゐ》

陸奥国で、連れ添っている男女がいた。

「都へ行こうと思う」

と、女性の家にいた男が切り出した。

女性はたいそう悲しんで、送別の宴をしましょうと、興ノ井の都島《みやこじま》（宮城県多賀《たが》城《じょう》の景勝地）というところで彼に酒を飲ませ、詠んだ。

おきのゐで　身をやくよりもかなしきは
　みやこしまべの　わかれなりけり
（興ノ井《熾《お》きの火》で身を焼くよりも切ないのは、都島でしている今日の《都と島に別れなければならない私たちの》お別れですね）

【百十六】小島の浜

漠然と陸奥国まで来たものの、どうしていいのかわからずにいる人がいた。都に残してきた恋人に向けて詠んだ。

浪まより　見ゆるこしまの　はまひさし
　ひさしくなりぬ　きみにあひみで
（波の間に、小島の浜に日がさしているのが見える《ので、君の姿がありありと思い出される》。会わなくなってから長い時間が経ったのだなあ）

「何ごとも、みんな良くなってしまった」
と、彼は言《こと》づてしたそうである。

万葉集に、遣唐使に赴く恋人を思う女性の歌がある。

波の上ゆ　みゆる小島の雲隠《くもがく》り
　あな息づかし　相別《あいわか》れなば
（波の上に見えている小島が雲に隠れてしまった《あなたの船が雲に隠れて遠くに去ってしま

った》ら、私はため息をつくでしょう。これでお別れなのかと）

この雲隠れの歌を念頭に、逆に陽光の差した小島の浜を詠んだのだろうか。

【百十七】住吉行幸

帝が住吉にお出ましになり、御歌を詠まれた。

我見ても　ひさしくなりぬ　住吉の
　きしのひめ松　いくよへぬらん

（私が見ても、長い歳月を経ていると思われるこの住吉の〝岸の姫松――浜の松林群を美しくこう呼ぶ――〟は、どれほどの世を経ているのだろうか）

すると、住吉の神様が姿を現され、いわれた。

むつましと　君は白浪　みづがきの
　ひさしき世より　いはひそめてき

（《この松とあなたの先祖が》親密に関わっていることをあなたは知らないようですが、神世の昔から、実は私と皇家は睦まじいのです《松にちなむ人は、あなたの遙か遠くの祖先、神功《じんぐう》皇后で、この住吉の神と松と皇家がともに栄えるように祝頌《しゅくしょう》を献じあってきたのです》）

【百十八】這《は》う木あまたに

まったく音沙汰もなかったのに〝君を忘れてはいないよ。また通おうと思う〟といってきた男に、憮然《ぶぜん》とした女性の歌。

玉かづら　はふ木あまたになりぬれば
たえぬ心の　うれしげもなし

（一本の藤が蔓《つた》を分岐させ、どの木にも絡まっている《あなたは見境いなく多くの女性と通じている》。蔓《かづら》《心》が途絶えないからといわれても、嬉しさもないわ）

【百十九】形見

浮気だった彼が、思い出にと置いていった品々を見ながら、女性が詠んだ。

かたみこそ　今はあだなれ　これなくば
　わするる時も　あらましものを
（思い出の品こそ、いまは苦しみのもと。これさえなければ、忘れるときもあるだろうに）

【百二十】鍋の数

男女のこともまだ知らないだろうと見ていた女性のもとに密かに通った人が、遠慮なく話す仲になり、その後別れてから詠んだ歌。

近江なる　つくまのまつり　とくせなん
　つれなき人の　なべのかず見む
（近江の筑摩《つくま》神社の祭り《里の女性が交わった男性の数だけ鍋を頭に被る》をはやく開催してほしい。あのよそよそしい女性の鍋の数を見たいものだ）

【百二十一】梅壺《うめつぼ》

朝廷に、凝華舎《ぎょうかしゃ》という御殿がある。更衣や女官のお住まいだ。中庭（壺）にある梅の木から梅壺と呼ばれる。ある人が、雨に濡れながらこの梅壺から退出してくる人を見て、歌を詠んで渡した。

うぐひすの　花をぬふてふ　かさも哉《がな》
ぬるめる人に　きせてかへさん

（《梅につきものの》鶯《うぐいす》は、枝を飛び歩いて花笠を縫うというが、その花笠が欲しいな《君はその鶯のように、恋人のもとに通っているんだね。春らしく華やいで、君の恋が羨ましいよ》。濡れながら出てきた人《朝帰りの君》に雨避《よ》けとして被《かぶ》せてあげたい》）

梅壺から朝帰りする男性をからかってのことであったが、彼も歌を返してきた。

うぐひすの花をぬふてふ　かさはいな
おもひをつけよ　ほしてかへさん

（花笠はいりません。思ひを《あたりがまだ暗いので火をつけて》ください。乾《ほ》して（火《ほ》して《火を灯して》）思いをお返しします《君こそこんな朝に梅壺近くを出歩いている。灯りがあれば、私と同じく朝帰りする男の顔を見たいものだ》）

【百二十二】井手の玉《たま》水《みず》

約束した言葉を反古《ほご》にした女性に、違《たが》えられた男が詠んだ。

山しろの　いてのたま水　てにむすび
　たのみしかひも　なきよなりけり
（山城の井手の玉水を手に結んで飲み、頼みにしていたのですが、その甲斐もない世の中ですね）

古京と平安京を結ぶ旅路にある清流・井手の玉川で手で水を掬《すく》うと〝手飲みになる〟ことから〝頼みになる〟といわれる。〝よ〟とは世の中を示すが、同時に男女の仲をもさす。頼み甲斐のない二人の仲を歎いた歌であったが、相手は答えもしなかった。

【百二十三】深草野《ふかくさの》

あの貴公子は、深草に住んでいる女性に、ようやっと飽きてきたのか、こんな歌を詠んだ。

年をへて　すみこしさとを　いでていなば
　いとど　深草野となりなん
（何年ものあいだ住み慣れたこの里を、私が出て行ったなら、ここはますます草深い野となってしまうに違いない《長年馴染《なじ》んだ君のもとを、私が出て行ってしまったら、君はたいそう寂

しくなるだろうなあ》》

女性は返した。

野とならば　うづらとなりて　なきをらん
かりにだにやは　君はこざらん
（ここが草深い野となったなら、鶉《うずら》になって憂いの声で鳴いていますわ。仮に狩りにだけでも、あなたはおいででしょうから）

と女性が詠んだので、貴公子は去ろうと思う心をなくしてしまったそうである。

事情を知らない人には、この歌はそう取れるように作られている。が、彼がこの歌を詠んだのは、もう一つの深い意味をこめてのことだ。

深草の地は、都の南の外郊にあり、確かに泥地に葦や芦が繁り、深田も少なからぬ水郷である。が、仁明帝がこの地の深草陵《りょう》に祀《まつ》られてからは、少し様相が異なっていた。あの太政大臣・藤原良房が、帝の菩提《ぼだい》寺・嘉祥《かしょう》寺に隣接して孫・清和帝の加護のための大寺院、貞観《じょうがん》寺を建てたのだ。この清和帝の女御こそ、貴公子の心の恋人、高子さまなのである。

深草は、こうして巷の者たちにも藤原北家の菩提を想起させる地となりはじめている。

——深草は……。

もう若くはない貴公子こと業平は、そのことも踏まえ、藤原北家の令嬢たちとのこもごもを思い返した。彼にとって〝深草に住んでいる女〟とは、本気で恋した北家の娘たち——不朽の恋の相手であった多賀幾子と高子——の暗喩《あんゆ》でもあった。彼女たちとの関わりは、彼に艱難《かんなん》の人生をもたらしたものでもある。

令嬢たちとの悲恋にようやく倦んだのか、別れを見据《みす》えながら、彼はなおも未練の残る迷いの歌をこう詠んだのである。

年をへて　すみこしさとを　いでていなば
　いとど　深草野とやなりなん

（長年身についている藤原北家の令嬢たちとの苦しい恋から抜けだすとすれば、《私も恋もますます不毛の淋しいものになるに違いない》）

【百二十四】我とひとしき人

どんなことを思ったときだったのだろうか、ある人が詠んだ。

おもふこと　いはでぞただにやみぬべき
　我とひとしき　人しなければ

（思うことは、そのままいわずにおくべきだ。自分と同じ人など、この世にいないのだから）

【百二十五】ついにゆく道

貴公子は、ひどい病気になったあげく、もう死んでしまうように思えて詠んだ。

つゐにゆく　みちとはかねて　ききしかど
　きのふけふとは　おもはざりしを

（一生の終《しま》いに誰もがゆく道とはかねがね聞いていたけれど、昨日今日に差し迫っているとは思わなかったことだなあ）

原文（翻刻をもとにしたもの）

一

むかしおとこうゐかうふりして
ならの京かすかのさとにしる
よしゝてかりにいにけりその
さとにいとなまめいたるをんな
はらからすみけりこのおとこ
かいまみてけりおもほえすふる
さとにいとはしたなくてありけ
れはこゝちまとひにけりおとこの
きたりけるかりきぬのすそを
きりてうたをかきてやるそのお
とこしのふすりのかりきぬをな
むきたりける

かすかのゝわかむらさきのすり衣
しのふのみたれかきりしられす

となむをいつきていひやりける
ついておもしろきことゝもや思けん
みちのくの忍もちすりたれゆへに
みたれそめにし我ならなくに
といふうたの心はへなりむかし人
はかくいちはやきみやひをなん
しける

二

むかしおとこ有けりならの京は
はなれこの京は人の家また
さたまらさりける時にゝしの京
に女ありけりその女世人にはま
されりけりその人かたちよりは心な
ん
まさりたりけるひとりのみもあら
さりけらしそれをかのまめをと
こうちものかたらひてかへりきて
いかゝ思ひけん時はやよひのついた
ち
あめそをふるにやりける

おきもせすねもせてよるをあかし
ては
春の物とてなかめくらしつ

三

むかしおとこありけりけさうし
ける女のもとにひしきもといふ
ものをやるとて

思ひあらはむくらのやとにねもし
なん
ひしきものにはそてをしつゝも

二条のきさきのまたみかとにも
つかうまつりたまはてたゝ人にて
おほしましける時のこと也

四

むかしひんかしの五条におほき
さいの宮おはしましけるにし
のたいにすむ人有けりそれ
をほいにはあらて心さしふかゝりけ
る

ひとゆきとふらひけるをむ月の十日はかりのほとにほかにかくれにけりありところはきけと人のいきかよふへき所にもあらさりけれは猶うしと思ひつゝなんありける又のとしのむ月にむめの花さかりにこそをこひていきてたちて見ゐて見見れとこそににるへくもあらすうちなきてあはらなるいたしきに月のかたふくまてふせりてこそを思いてゝよめる

月やあらぬ春や昔のはるならぬ
わか身ひとつはもとの身にして

とよみて夜のほの〳〵とあくるになく〳〵かへりにけり

五

むかしおとこ有けりひんかしの五条わたりにいとしのひていきけりみそかなる所なれはかとよりもえいらてわらはへのふみあけたるついひちのくつれよりかよひけりひとしけくもあらねとたひかさなりけれはあるしきゝつけてそのかよひ地に夜ことに人をすへてまもらせけれはいけともえあはてかへりけりさてよめる

ひとしれぬわかゝよひちのせきもりは
よひ〳〵ことにうちもねなゝん

とよめりけれはいといたう心やみけりあるしゆるしてけり
二条のきさきにしのひてまいりけるを
世のきこえありけれはせうとたちのまもらせたまひけるとそ

六

むかしおとこありけり女のえうましかりけるをとしをへてよはひわたりけるをからうしてぬすみいてゝいとくらきにきけりあくたかはといふ河をゐていきけれは草のうへにをきたりけるつゆをかれはなにそとなんおとこにとひけるゆくさきおほく夜もふけにけれはおにある所ともしらて神さへいといみしうなりあめもいたうふりけれはあはらなるくらに女をはおくにをしいれておとこゆみやなくひをおひてとくちにをりはや夜もあけなんと思つゝゐたりけるにおにはやひとくちにくひてけりあなやといひけれと神なるさはきにえきかさりけりやう〳〵夜もあけゆくに見れはゐてこし女もなしあしすりをしてなけともかひなし

しらたまかなにそと人のとひし時
つゆとこたへてきえなましものを

これは二条のきさきのいとこの女御
の御もとにつかうまつるやうにてゐ
た
まへりけるをかたちのいとめてたく
おはしけれはぬすみておひて
いてたりけるを御せうとほりかはの
おと、たらうくにつねの大納言ま
た下らうにて内へまいりたまふに
いみしうなく人あるをき、つけて
と、めてとりかへしたまうてけり
それをかくおにとはいふなりけり
またいとわかうてきさきのた、に
おはしける時とや

七

むかしおとこありけり京にありわひ
て
あつまにいきけるにいせおはり
のあはひのうみつらをゆくに浪
のいとしろくたつを見て
　いと、しくすきゆくかたのこひし
きに
　うら山しくもかへるなみかな
となむよめりける

八

むかしおとこ有けり京やすみうか
りけんあつまの方にゆきてすみ
所もとむとてともとする人ひとり
ふたりしてゆきけりしなの、くに
あさまのたけにけふりのたつを見て
　しなのなるあさまのたけにたつ煙
　をちこち人の見やはとかめぬ

九

むかしおとこありけりそのおとこ身
を
えうなき物に思なして京には
あらしあつまの方にすむへき
くにもとめにとてゆきけりもと
より友とする人ひとりふたりして
いきけりみちしれる人もなくて
まとひいきけりみかはのくにやつは
しといふ所にいたりぬそこをやつは
しといひけるは水ゆく河のくもて
なれははしをやつわたせるによりて
なむやつはしといひけるそのさはの
ほとりの木のかけにおりゐてかれ
いひくひけりそのさはにかきつはた
いとおもしろくさきたりそれを
見てある人のいはくかきつはた
といふいつもしをくのかみにすへて
たひの心をよめといひけれはよめる
　から衣きつ、なれにしつましあれ
は
　はる〳〵きぬるたひをしそ思
とよめりけれはみな人かれいひの
うへになみたおとしてほとひにけり
ゆき〳〵てするかのくに、いたりぬ
うつの山にいたりてわかいらむと
するみちはいとくらうほそきに

つたかえてはしけり物心ほそくすゝろなるめを見ることゝ思ふにす行者あひたりかかるみちはいかてかいまするといふを見れは見しひとなりけり京にその人の御もとにとてふみかきてつく

するかなるうつの山へのうつゝにも
ゆめにも人にあはぬなりけり

ふしの山を見れはさ月のつこもりに雪いとしろうふれり

時しらぬ山はふしのねいつとてか
かのこまたらにゆきのふるらん

その山はこゝにたとへはひえの山をはたちはかりかさねあけたらんほとしてなりはしほしりのやうになんありける

猶ゆき〳〵て武蔵のくにとしもつふさのくにとの中にいとおほきなる河ありそれをすみた河といふその河のほとりにむれゐておもひやれはかきりなくとをくもきにけるかなとわひあへるにわたしもりはやふねにのれ日もくれぬといふにのりてわたらんとするにみな人物わひしくて京に思ふ人なきにしもあらすさるおりしもしろきとりのはしとあしとあかきしきのおほきさなるみつのうへにあそひつゝいをゝくふ京には見えぬとりなれはみな人見しらすわたしもりにとひけれはこれなん宮ことりといふをきゝて

名にしおはゝいさ事とはむ宮こ鳥
わかおもふ人はありやなしやと

とよめりけれは舟こそりてなきにけり

十

むかしおとこ武蔵のくにまてまとひありきけりさてそのくにゝある女をよはひけりちゝはこと人にあはせむといひけるをはゝなんあてなる人に心つけたりけるちゝはなおひとにてはゝなんふちはらなりけるさてなんあてなる人にと思ひけるこのむこかねによみてをこせたりけるすむ所なむいるまのこほりみよしのゝさとなりける

みよしのゝたのむのかりもひたふるに
きみかゝたにそよるとなくなる

むこかね返し

わか方によるとなくなるみよしのゝ

たのむのかりをいつかわすれん

となむ人のくにゝても猶かゝること
なんやまさりける

十一
昔おとこあつまへゆきけるに友
たちともにみちよりいひをこせける

わするなよほとは雲ゐになりぬと
も
そらゆく月のめくりあふまて

十二
むかしおとこ有けり人のむすめを
ぬすみてむさしのへゐてゆくほとに
ぬす人なりけれはくにのかみにから
められにけり女をはくさむらの
なかにをきてにけにけりみちくる
ひとこの野はぬす人あなりとて
火つけむとす女わひて

むさしのはけふはなやきそわかく
さの
つまもこもれりわれもこもれり

とよみけるをきゝて女をはとりて
ともにゐていにけり

十三
昔武蔵なるおとこ京なる女のもとに
きこゆれはゝつかしきこえねはくる
しとかきてうはかきにむさしあふ
みとかきてをこせてのちをともせす
なりにけれは京より女

むさしあふみさすかにかけてたの
むには
とはぬもつらしとふもうるさし

とあるを見てなむたへかたき心
地しける

とへはいふとはねはうらむゝさし
あふみ
かゝるおりにやひとはしぬらん

十四
むかしおとこみちのくにゝすゝろに
ゆきいたりにけりそこなる女京の
ひとはめつらかにやおほえけん
せちにおもへる心なんありけるさて
かの女

中〳〵に恋にしなすはくはこにそ
なるへかりけるたまのをはかり

うたさへそひなひたりけるさす
かにあはれとやおもひけんいきて
ねにけり夜ふかくいてにけれは女

夜もあけはきつにはめなて
くたかけのまたきになきて
せなをやりつる

といへるにおとこ京へなんまかると

て
くりはらのあれ（ね）はの松の人
ならは
みやこのつとにいさといはましを
といへりけれはよろこほひて
おもひけらしとそいひをりける

十五

むかしみちのくにゝてなてうことな
き人のめにかよひけるにあやしう
さやうにてあるへき女ともあらす
見えけれは
しのふ山しのひてかよふ道も哉
人の心のおくも見るへく
女かきりなくめてたしとおもへと
さるさかなきえひすこゝろを見
てはいかゝはせんは

十六

むかしきのありつねといふ人有けり
み世のみかとにつかうまつりて時に
あひけれとのちは世かはり時うつり
にけれは世のつねの人のこともあら
す
人からは心うつくしくあてはかなる
ことをこのみてこと人にもにす
まつしくへても猶むかしよかりし
時の心なからよのつねのこともしら
す
としころあひなれたるめやう〳〵
とこはなれてつゐにあまに
なりてあねのさきたちてなりたる
ところへゆくをおとこまことにむつ
ましきことこそなかりけれいまはと
ゆくをいとあはれと思けれとまつし
けれはするわさもなかりけり
おもひわひてねむころにあひかたら
ひけるともたちのもとにかう〳〵い
ま
はとてまかるをなにこともいさゝか

なることもえせてつかはすことゝ
かきておくに
手をゝりてあひ見し事をかそふれ
は
とおといひつゝよつはへにけり
かのともたちこれを見ていとあは
れと思ひてよるの物までをくりてよ
める
年たにもとおとてよつはへにける
を
いくたひきみをたのみきぬらん
かくいひやりたりけれは
これやこのあまのは衣むへしこそ
きみかみけしとたてまつりけれ
よろこひにたへて又

秋やくるつゆやまかふとおもふまて
あるは涙のふるにそ有ける

十七
年ころをとつれさりける人のさくらのさかりに見にきたりけれはあるし
あたなりとなにこそたてれ桜花
年にまれなる人もまちけり

返し
けふこすはあすは雪とそふりなまし
きえすはありとも花と見ましや

十八
むかしなま心ある女ありけりおとこちかう有けり女うたよむ人なりけれは心見むとてきくの花のうつろへるを丶りておとこのもとへやる
紅に丶ほふはいつら白雪の
枝もとを丶にふるかとも見ゆ

おとこしらすよみによみける
紅に丶ほふかうへのしらきくは
おりける人のそてかとも見ゆ

十九
昔おとこ宮つかへしける女の方にこたちなりける人をあひしりたりけるほともなくかれにけりおなしところなれは女のめには見ゆる物からおとこはある物かとも思たらす女
あま雲のよそにも人のなりゆくか
さすかにめには見ゆる物から

とよめりけれはおとこ返し
あまくものよそにのみしてふることは
わかゐる山の風はやみ也

とよめりけるは又おとこある人となんいひける

二十
むかしおとこやまとにある女を見てよはひてあひにけりさてほとへて宮つかへする人なりけれはかへりくるみちにやよひはかりにかえてのもみちのいとおもしろきを丶りて女のもとにみちよりいひやる
君かためたおれる枝は春なから
かくこそ秋のもみちしにけれ

とてやりたりけれは返事は京
にきつきてなんもてきたりける
　いつのまにうつろふ色のつきぬら
ん
　きみかさとには春なかるらし

二十一

むかしおとこ女いとかしこく思ひ
かはしてこと心なかりけりさるを
いかなる事かありけむいさゝかなる
ことにつけて世中をうしと思ひ
ていてゝいなんと思ひてかゝるうた
を
なんよみて物にかきつけゝる
　いてゝいなは心かるしといひやせ
ん
　世のありさまを人はしらねは
とよみをきていてゝいにけりこの
女かくかきをきたるをけしう心

をくへきこともおほえぬを
なにゝよりてかかゝらむといといた
う
なきていつかたにもとめゆかむと
かとにいてゝと見かう見ゝけれと
いつこをはかりともおほえさり
けれはかへりいりて
　思ふかひなき世なりけり年月を
　あたにちきりて我やすまひし
といひてなかめをり
　人はいさ思ひやすらん玉かつら
　おもかけにのみいとゝ見えつゝ
この女いとひさしくありてねむし
わひてにやありけんいひをこせたる
　今はとてわするゝ草のたねをたに
　ひとの心にまかせすも哉

返し
　忘草うふとたにきく物ならは
　思けりとはしりもしなまし
又〳〵ありしよりけにいひかはして
おとこ
　わする覧と思心のうたかひに
　ありしよりけに物そかなしき
返し
　中そらにたちゐるくものあともな
く
　身のはかなくもなりにける哉
とはいひけれとをのか世ゝになり
にけれはうとくなりにけり

二十二
むかしはかなくてたえにける
なか猶やわすれさりけん女の
もとより
　うきなから人をはえしもわすれね
は
　かつうらみつゝ猶そこひしき
といへりけれはされはよといひて
おとこ
　あひ見ては心ひとつをかはしまの
　水のなかれてたえしとそ思
とはいひけれとその夜いにけり
いにしへゆくさきのことゝもなとい
ひて
　秋の夜のちよをひとよになすらへ
て
　やちよしねはやあく時のあらん

返し
　秋の夜のちよをひとよになせりと
も
　ことはのこりてとりやなきなん
いにしへよりもあはれにてなむかよ
ひける

二十三
むかしゐなかわたらひしける人
の子とも井のもとにいてゝあそひ
けるをおとなになりにけれは
おとこも女も
はちかはしてありけれとおとこは
この女をこそえめとおもふ女は
このおとこをとおもひつゝおやの
あはすれともきかてなんありける
さてこのとなりのおとこのもとより
かくなん

　つゝゐつのゐつゝにかけしまろか
たけ
　すきにけらしないも見さるまに
女返し
　くらへこしふりわけかみもかたす
きぬ
　きみならすしてたれかあくへき
なといひ〳〵てつゐにほいのことく
あひにけり
さて年ころふるほとに女おやなく
たよりなくなるまゝにもろともに
いふかひなくてあらんやはとて
かうちのくにたかやすのこほりに
いきかよふ所いてきにけりさり
けれとこのもとの女あしとおもへる
けしきもなくていたしやりけれは
おとこゝと心ありてかゝるにやあら
むと思ひうたかひてせんさいの中に

かくれゐてかうちへいぬるかほにて見れはこの女いとようけさうしてうちなかめて

風ふけはおきつしら浪たつた山
夜はにや君かひとりこゆらん

とよみけるをきゝてかきりなくかなしと思ひて河内へもいかすなりにけりまれ〳〵かのたかやすにきて見れははしめこそ心にくもつくりけれいまはうちとけててつからいゐかひとりてけこのうつわ物にもりけるを見て心うかりていかすなりにけりさりけれはかの女やまとの方を見やりて

君かあたり見つゝをゝらんいこま山
くもなかくしそ雨はふるとも

といひて見いたすにからうしてやまと人こむといへりよろこひてまつにたひ〳〵すきぬれは

君こむといひし夜ことにすきぬれは
たのまぬ物のこひつゝそふる

といひけれとおとこすますなりにけり

二十四

むかしおとこかたゐなかにすみけりおとこ宮つかへしにとてわかれおしみてゆきにけるまゝに三とせこさりけれはまちわひたりけるにいとねむころにいひける人にこよひあはむとちきりたりけるにこのおとこきたりけりこのとあけたまへとたゝきけれとあけてうたをなんよみていたしたりける

あらたまの年のみとせをまちわひて
たゝこよひこそにゐまくらすれ

といひいたしたりけれは

あつさゆみま弓つき弓年をへて
わかせしかことうるはしみせよ

といひていなむとしけれは女

あつさ弓ひけとひかねと昔より
心はきみによりにし物を

といひけれとおとこかへりにけり女いとかなしくてしりにたちてをひゆけとえをいつかてし水のある所にふしにけりそこなりけるいはにおよひのちしてかきつけゝる

あひおもはてかれぬる人をとゝめかね
わか身は今そきえはてぬめる
とかきてそこにいたつらになりにけり

二十五

むかしおとこ有けりあはしともいはさりける女のさすかなりけるかもとにいひやりける
秋のゝにさゝわけしあさの袖よりも
あはてぬる夜そひちまさりける
色このみなる女返し
見るめなきわか身をうらとしらねはや
かれなてあまのあしたゆくゝる

二十六

むかしおとこ五条わたりなりける女をえゝすなりにけることゝわひたりける人の返ことに
おもほえす袖にみなとのさはく哉(らし)
もろこし舟のよりし許に

二十七

昔おとこ女のもとにひと夜いきて又もいかすなりにけれは女の手あらふ所にぬきすをうちやりてたらひのかけに見えけるをみつから
我許物思人は又もあらし
とおもへは水のしたにも有けり
とよむをこさりけるおとこたちきゝて
みなくちに我や見ゆらんかはつさへ
水のしたにてもろこゑになく

二十八

昔いろこのみなりける女いてゝいにけれは
なとてかくあふこかたみになりにけん
水もらさしとむすひしものを

二十九

むかし春宮の女御の御方の花の賀にめしあつけられたりけるに
花にあかぬなけきはいつもせしかとも
けふのこよひにゝる時はなし

三十

むかしおとこはつかなりける女のも

とに

あふことはたまのを許おもほえて
　つらき心のなかく見ゆらん

三十一
昔宮の内にてあるこたちのつほねの
まへをわたりけるになにのあた
にか思けんよしやくさ葉よならん
さか見むといふおとこ

つみもなき人をうけへは忘草
　をのかうへにそおふといふなる

といふをねたむ女もありけり

三十二
むかし物いひける女に年ころありて

いにしへのしつのをたまきくりか
へし
　むかしを今になすよしも哉

といへりけれとなにともおもはすや
ありけん

三十三
むかしおとこつのくにむはらのこほ
りに
かよひける女このたひいきては又は
こしとおもへるけしきなれはおとこ

あしへよりみちくるしほのいやま
しに
　君に心を思ます哉

返し

こもり江に思ふ心をいかてかは
　舟さすさほのさしてしるへき

ゐなか人の事にてはよしやあしや

三十四
むかしおとこつれなかりける人のも
とに

いへはえにいはねはむねにさはか
れて
　心ひとつになけくころ哉

おもなくていへるなるへし

三十五
むかし心にもあらてたえたる人のも
とに

玉のをゝあはおによりてむすへれ
は
　たえてのゝちもあはむとそ思

三十六
昔わすれぬるなめりとゝひことしけ
る
女のもとに

谷せはみ峯まてはへる玉かつら
たえむと人にわかおもはなくに

三十七
昔おとこ色このみなりける女に
あへりけりうしろめたくや思けん

我ならてしたひもとくなあさかほの
ゆふかけまたぬ花にはありとも

返し

ふたりしてむすひしひもをひとりして
あひ見るまてはとかしとそ思

三十八
むかしきのありつねかりいきたるにありきてをそくきけるによみてやりける

君により思ならひぬ世中の
人はこれをやこひといふらん

返し

ならはねは世の人ことになにをかも
恋とはいふとゝひし我しも

三十九
むかし西院のみかとゝ申すみかとおはしましけりそのみかとのみこたかいこと申すいまそかりけりそのみこうせ給ておほんはふりの夜その宮のとなりなりけるおとこ御はふり見むとて女くるまにあひのりていてたりけりいとひさしうゐていてたてまつらすうちなきてやみぬへかりけるあひたにあめのしたの色このみ源のいたるといふ人これもゝの見るにこのくるまを女くるまと見てよりきてとかくなまめくあひたにかのいたるほたるをとりて女のくるまにいれたりけるをくるまなりける人このほたるのともす火にや見ゆらんともしけちなむするとてのれるおとこのよめる

いてゝいなはかきりなるへみともしけち
年へぬるかとなくこゑをきけ

かのいたる返し

いとあはれなくそきこゆるともしけち
きゆる物とも我はしらすな

あめのしたの色このみのうたにては猶そありける
いたるはしたかふかおほち也みこのほいなし

四十

昔わかきおとこけしうはあらぬ女
を思ひけりさかしらするおやあ
りて思ひもそつくとてこの女をほ
かへをひやらむとすさこそいへまた
をいやらす人のこなれはまた心
いきおひなかりけれはとゝむるいき
おひなし女もいやしけれはすま
ふちからなしさるあひたに
おもひはいやまさりにまさるには
かにおやこの女をゝひうつおとこ
ちのなみたをなかせともとゝむる
よしなしゐていてゝいぬおとこなく
〱
よめる

　いてゝいなは誰か別のかたからん
　ありしにまさるけふはかなしも

とよみてたえいりにけりおやあはて
にけり猶思ひてこそいひしかいと
かくしもあらしとおもふにしんし
ちにたえいりにけれはまとひて
願たてけりけふのいりあひ許
にたえいりて又の日のいぬの時はか
りに
なんからうしていきいてたりける
むかしのわか人はさるすける物
思ひをなんしけるいまのおきな
まさにしなむや

四十一

昔女はらからふたりありけり
ひとりはいやしきおとこのまつしき
ひとりはあてなるおとこもたりけり
いやしきおとこもたるしはすのつこ
もりにうへのきぬをあらひてゝつか
ら
はりけり心さしはいたしけれと
さるいやしきわさもならはさり
けれはうへのきぬのかたをはりや
りてけりせむ方もなくてたゝなきに
なきけりこれをかのあてなるお
とこきゝていと心くるしかりけれは
いと
きよらなるろうさうのうへのきぬを
見いてゝやるとて

　むらさきの色こき時はめもはるに
　野なる草木そわかれさりける

むさしのゝ心なるへし

四十二

昔おとこ色このみとしる〱女をあ
ひ
いへりけりされとにくゝはたあらさ
り
けりしは〱いきけれと猶いとうし
ろめたくさりとていかてはたえある
ましかりけりなをはたえあらさり
けるなかなりけれはふつかみか許
さはることありてえいかてかくなん

　いてゝこしあとたにいまたかはら
しを

たかゝよひちと今はなるらん
ものうたかはしさによめるなりけり

四十三

むかしかやのみこと申すみこおはしましけりそのみこ女をおほしめしていとかしこうめくみつかうたまひける
を人なまめきてありけるを我のみと思ひけるを又人きゝつけてふみやるほとゝきすのかたをかきて

ほとゝきすなかなくさとのあまたあれは
猶うとまれぬ思ものから

といへりこの女けしきをとりて

名のみたつしてのたおさはけさそなく
いほりあまたとうとまれぬれは

時はさ月になんありけるおとこ返し

いほりおほきしてのたをさは猶たのむ
わかすむさとにこゑしたえすは

四十四

むかしあかたへゆく人にむまのはなむけせむとてよひてうとき人にしあらさりけれはいゑとうしさかつきさゝせて女のさうそくかつけんとすあるしのおとこうたよみてものこしにゆひつけさす

いてゝゆく君かためにとぬきつれは
我さへもなくなりぬへきかな

このうたはあるかなかにおもしろけれは心とゝめてよますはらにあちはひて

四十五

むかしおとこ有けり人のむすめのかしつくいかてこのおとこに物いはむと思けりうちいてむことかたくやありけむ物やみになりてしぬへき時にかくこそ思しかといひけるをおやきゝつけてなく〳〵つけたりけれはまとひきたりけれとしにけれはつれ〳〵とこもりをりけり時はみな月のつこもりいとあつきころをひによゐはあそひをりて夜ふけてやゝすゝしき風ふきけりほたるたかくとひあかるこのおとこ見ふせりて

ゆくほたる雲のうへまていぬへくは
秋風ふくとかりにつけこせ

くれかたき夏のひくらしなかむれ
は
　そのことゝなく物そかなしき

四十六

むかしおとこいとうるはしき友ありけりかた時さらすあひ思ひけるを人のくにへいきけるをいとあはれとおもひてわかれにけり月日へてをこせたるふみにあさましくたいめんせて月日のへにけることわすれやし給にけんといたく思ひわひてなむ侍世中の人の心はめかるれはわすれぬへき物にこそあめれといへりけれはよみてやる

　めかるともおもほえなくにわすら
るゝ
　時しなけれはおもかけにたつ

四十七

むかしおとこねんころにいかてと思女有けりされとこのおとこをあたなりときゝてつれなさのみまさりつゝいへる

　おほぬさのひくてあまたになりぬ
れは
　思へとえこそたのまさりけれ

返しおとこ

　おほぬさと名にこそたてれ流ても
　つゐによるせはありといふ物を

四十八

昔おとこ有けりむまのはなむけせんとて人をまちけるにこさりけれは

　今そしるくるしき物と人またむ
　さとをはかれすとふへかりけり

四十九

むかしおとこいもうとのいとおかしけなりけるを見をりて

　うらわかみねよけに見ゆるわか草
を
　ひとのむすはむことをしそ思

ときこえけり返し

　はつ草のなとめつらしきことのは
そ
　うらなく物を思ける哉

五十

昔おとこ有けりうらむる人をうらみて

　鳥のこをとをつゝとをはかさぬと
も
　おもはぬ人をおもふものかは

といへりけれは
あさつゆはきえのこりてもありぬ
へし
たれかこの世をたのみはつへき
又おとこ
吹風にこその桜はちらすとも
あなたのみかた人の心は
又女返し
ゆく水にかすかくよりもはかなき
は
おもはぬ人を思ふなりけり
又おとこ
ゆくみつとすくるよはひとちる花
と
いつれまて丶ふことをきくらん
あたくらへかたみにしけるおとこ女
の
しのひありきしけることなるへし

五十一

昔おとこ人のせんさいにきくうへ
けるに
うへしうへは秋なき時やさかさら
ん
花こそちらめねさへかれめや

五十二

むかしおとこありけり人のもとより
かさりちまきをこせたりける返事に
あやめかり君はぬまにそまとひけ
る
我は野にいて丶かるそわひしき
とてきしをなむやりける

五十三

むかしおとこあひかたき女にあひて
物かたりなとするほとに鳥のなきけ
れは
いかてかは鳥のなく覧人しれす
思ふ心はまたよふかきに

五十四

昔おとこつれなかりける女にいひや
りける
行やらぬ夢地をたのむたもとには
あまつそらなるつゆやをくらん

五十五

むかしおとこ思かけたる女のえうま
し
うなりての世に

おもはすはありもすらめと事のは
の
をりふしことにたのまるゝ哉

五十六

むかしおとこふして思ひおきて思ひ
思ひあまりて
わかそては草の庵にあらねとも
くるれはつゆのやとりなりけり

五十七

昔おとこ人しれぬ物思ひけりつれな
き
人のもとに
こひわひぬあまのかるもにやとる
てふ
我から身をもくたきつる哉

五十八

むかし心つきて色このみなるおとこ
なかをかといふ所に家つくりてをり
けり
そこのとなりなりける宮はらにこと
もなき女とものゐなかなりけれは
田からんとてこのおとこのあるを見
て
いみしのすき物のしわさやとて
あつまりていりきけれはこのおとこ
にけておくにかくれにけれは女
あれにけりあはれいく世のやとな
れや
すみけんひとのをとつれもせぬ
といひてこの宮にあつまりきゐて
ありけれはこのおとこ
むくらおひてあれたるやとのうれ
たきは
かりにもおにのすたくなりけり
とてなむいたしたりけるこの女とも
ほ
ひろはむといひけれは
うちわひておちほひろふときかま
せは
我も田つらにゆかましものを

五十九

むかしおとこ京をいかゝ思ひけんひ
む
かし山にすまむと思ひいりて
すみわひぬ今はかきりと山さとに
身をかくすへきやともとめてん
かくて物いたくやみてしにいりにけ
り
けれはおもてに水そゝきなとして
いきいてゝ
わかうへに露そをくなるあまの河
とわたるふねのかいのしつくか

となむいひていきいてたりける

六十

むかしおとこ有けり宮つかへいそかしく心もまめならさりけるほとのいへとうしまめにおもはむといふ人につきて人のくにへいにけりこのおとこ宇佐の使にていきけるにあるくにのしそうの官人のめにてなむあるときゝてをんなあるしにかはらけとらせよさらすはのましといひけれはかはらけとりていたしたりけるにさかなゝりけるたちはなをとりて

　さ月まつ花たちはなのかをかけは
　むかしの人のそてのかそする

といひけるにそ思ひいてゝあまになりて山にいりてそありける

六十一

昔おとこつくしまていきたりけるにこれは色このむといふすき物とすたれのうちなる人のいひけるをきゝて

　そめ河をわたらむ人のいかてかは
　色になるてふことのなからん

女返し

　名にしおはゝあたにそあるへきたはれしま
　浪のぬれきぬきるといふなり

六十二

むかし年ころをとつれさりける女心かしこくやあらさりけんはかなき人の事につきて人のくになりける人につかはれてもと見し人のまへにいてきて物くはせなとしけりよさりこのありつる人たまへとあるしにいひけれはをこせたりけりおとこ我をはしらすやとて

　いにしへのにほひはいつらさくら花
　こけるからともなりにける哉

といふをいとはつかしと思ていらへもせてゐたるをなといらへもせぬといへはなみたのこほるゝにめも見えすものもいはれすといふ

　これやこの我にあふみをのかれつゝ
　年月ふれとまさりかほなき

といひてきぬゝきてとらせけれとすてゝにけにけりいつちいぬらんともしらす

六十三

むかし世こゝろつける女いかて心なさけあらむおとこにあひえてしかなとおもへといひいてむもたよりなさにまことならぬ夢かたりをす子三人をよひてかたりけりふたりのこはなさけなくいらへてやみぬさふらうなりける子なんよき御をとこそいてこむとあはするにこの女けしきいとよしこと人はいとなさけなしいかてこの在五中将にあはせてし哉と思心ありかりしありきけるにいきあひてみちにてむまのくちをとりてかう〱なむ思ふといひけれはあはれかりてきてねにけりさてのちおとこ見えさりけれは女おとこの家にいきてかいまみけるをおとこほのかに見て

もゝとせにひとゝせたらぬつくもかみ
我をこふらしおもかけに見ゆ

とていてたつけしきを見てむはらからたちにかゝりて家にきてうちふせりおとこかの女のせしやうにしのひてたてりて見れは女なけきてぬとて

さむしろに衣かたしきこよひもや
こひしき人にあはてのみねむ

とよみけるをおとこあはれと思てその夜はねにけり世中のれいとしておもふをはおもひおもはぬをはおもはぬ物をこの人はおもふをもおもはぬをもけちめ見せぬ心なんありける

六十四

昔おとこみそかにかたらふわさもせさりけれはいつくなりけんあやしさによめる

吹風にわか身をなさは玉すたれ
ひまもとめつゝいるへきものを

返し

とりとめぬ風にはありとも玉すたれ
たかゆるさはかひまもとむへき

六十五

むかしおほやけおほしてつかうたまふ女の色ゆるされたるありけりおほみやすん所とていますかりけるいとこなりけり殿上にさふらひける在原なりけるおとこのまたいとわかゝりけるをこの女あひしりたりけりおとこ

女かたゆるされたりけれは女のある
所に
きてむかひをりけれは女いとかたは
なり身もほろひなんかくなせそと
いひけれは

　思ふにはしのふることそまけにけ
る
　あふにしかへはさもあらはあれ

といひてさうしにおりたまへれはれ
いのこの
みさうしには人の見るをもしらて
のほりゐけれはこの女思ひわひてさ
とへゆくされはなにのよきことゝ思
て
いきかよひけれはみな人きゝてわ
らひけりつとめてとのもつかさの見
る
にくつはとりておくになけいれて
のほりぬかくかたはにしつゝありわ
たるに身もいたつらになりぬへけれ
は
つゐにほろひぬへしとてこのお
とこいかにせんわかかゝる心やめた
まへと
ほとけ神にも申けれといやまさり
にのみおほえつゝ猶わりなくこひ
しうのみおほえけれはおむやうし
かむなきよひてこひせしといふはら
へのくしてなむいきけるはらへける
まゝにいとゝかなしきことかすまさ
り
てありしよりけにこひしくのみ
おほえけれは

　こひせしとみたらし河にせしみそ
き
　神はうけすもなりにけるかな

といひてなんいにける
このみかとはかほかたちよくおはし
まし
てほとけの御名を御心にいれて御こ
ゑはいとたうとくて申たまふをきゝ
て
女はいたうなきけりかゝるきみにつ
かうまつらてすくせつたなくかなし
きことこのおとこにほたされてとて
なんなきけるかゝるほとにみかと
きこしめしつけてこのおとこをは
なかしつかはしてけれはこの女の
いとこのみやすところ
女をはまかてさせてくらにこめて
しおりたまふけれはくらにこも
りてなく

　あまのかるもにすむゝしの我から
と
　ねをこそなかめ世をはうらみし

となきをれはこのおとこ人のくに
より夜ことにきつゝふえをいと
おもしろくふきてこゑはおかし
うてそあはれにうたひけるかゝ
れはこの女はくらにこもりなから

それにそあなるとはきけとあひ
見るへきにもあらてなんありける
　さりともと思覧こそかなしけれ
　あるにもあらぬ身をしらすして
とおもひをりおとこは女しあ
はねはかくしありきつゝ人のくにゝ
ありきてかくうたふ
　いたつらに行てはきぬる物ゆへに
　見まくほしさにいさなはれつゝ
水のおの御時なるへしおほみやすん
所もそめとのゝ后也五条の后とも

六十六

むかしおとこつのくにゝしる所あり
けるにあにおとゝ友たちひきゐて
なにはの方にいきけりなきさ
を見れはふねとものあるを見て
　なにはつをけさこそみつのうらこ
とに
　これやこの世をうみわたるふね
これをあはれかりて人〳〵かへりに
けり

六十七

むかしおとこせうえうしに思ふとち
かいつらねていつみのくにへきさら
き許にいきけり河内のくにいこま
の山を見れはくもりみはれみ
たちゐるくもやますあしたよ
りくもりてひるはれたりゆきいと
しろう木のすゑにふりたり
それを見てかのゆく人のなかにたゝ
ひとりよみける
　きのふけふくものたちまひかくろ
ふは
　花のはやしをうしとなりけり

六十八

昔おとこいつみのくにへいきけりす
み
よしのこほりすみよしのさとすみ
吉のはまをゆくにいとおもしろ
けれはおりゐつゝゆくある人すみ
よしのはまとよめといふ
　鴈なきて菊の花さく秋はあれと
　春のうみへにすみよしのはま
とよめりけれはみな人〳〵よます
なりにけり

六十九

むかしおとこ有けりそのおとこ伊
勢のくにゝかりの使にいきけるに
かの伊勢の斎宮なりける人のおや
つねのつかひよりはこの人よくいた
はれといひやれりけれはおやのこと
なりけれはいとねむころにいたはり

けりあしたにはかりにいたしたてゝ
やりゆふさりはかへりつゝそこにこ
さ
せけりかくてねむころにいたつき
けり二日といふ夜おとこわれて
あはむといふ女もはたいとあはし
ともおもへらすされと人めしけゝれ
は
えあはすつかひさねとある人な
れはとをくもやとさす女のねやちか
くありけれは女ひとをしつめて
ねひとつ許におとこのもとにきたり
けりおとこはたねられさりけれは
とのかたを見いたしてふせるに月
のおほろなるにちひさきわらは
をさきにたてゝ人たてりおとこ
いとうれしくてわかぬる所にゐてい
り
てねひとつよりうしみつまてあるに
またなにことゝもかたらはぬにかへ
り
にけりおとこいとかなしくてねす

なりにけりつとめていふかしけれと
わか人をやるへきにしあらねは
いと心もとなくてまちをれはあけ
はなれてしはしあるに女のもと
よりことはゝなくて

きみやこし我やゆきけむおもほえ
す
夢かうつゝかねてかさめてか

おとこいといたうなきてよめる

かきくらす心のやみにまとひにき
ゆめうつゝとはこよひさためよ

とよみてやりてかりにいてぬ野に
ありけと心はそらにてこよひた
に人しつめていとゝくあはむと思
にくにのかみいつきの宮のかみか
けたるかりのつかひありときゝて
夜ひとよさけのみしけれは
もはらあひこともえせてあけは

おはりのくにへたちなむとすれは
をとこも人しれすちのなみたを
なかせとえあはす夜やう〳〵あけ
なむとするほとに女かたより
いたすさかつきのさらに哥をかきて
いたしたりとりてみれは

かち人のわたれとぬれぬえにしあ
れは

とかきてすゑはなしそのさかつき
のさらについまつのすみしてうたの
すゑをかきつく

又あふさかのせきはこえなん

とてあくれはおはりのくにへこえに
けり
斎宮は水のおの御時文徳天皇の
御むすめこれたかのみこのいもうと

七十

むかしおとこ狩の使よりかへりきけるにおほよとのわたりにやとりていつきの宮のわらはへにいひかけゝる

　みるめかる方やいつこそさほさして
　我にをしへよあまのつり舟

七十一

昔おとこ伊勢の斎宮に内の御つかひにてまいれりけれはかの宮にすきことといひける女わたくしことにて

　ちはやふる神のいかきもこえぬへし
　大宮人の見まくほしさに

おとこ

　こひしくはきても見よかしちはやふる
　神のいさむるみちならなくに

七十二

むかしおとこ伊勢のくになりける女又えあはてとなりのくにへいくとていみしうゝらみけれは女

　おほよとの松はつらくもあらなくに
　うらみてのみもかへるなみ哉

七十三

むかしそこにはありときけとせうそこをたにいふへくもあらぬ女のあたりをおもひける

　めには見てゝにはとられぬ月のうちの
　かつらのことき丶みにそありける

七十四

むかしおとこ女をいたうゝらみて

　いはねふみかさなる山にあらねとも
　あはぬ日おほくこひわたる哉

七十五

昔おとこ伊勢のくにゝゐていきてあらむといひけれは女

　おほよとのはまにおふてふ見るからに
　心はなきぬかたらはねとも

といひてましてつれなかりけれはおとこ

　袖ぬれてあまのかりほすわたつうみの
　見るをあふにてやまむとやする

女
いはまよりおふるみるめしつれな
くは
しほひしほみちかひもありなん
又おとこ
なみたにそぬれつゝしほる世の人
の
つらき心はそてのしつくか
世にあふことかたき女になん

七十六
むかし二条の后のまた春宮の
みやすん所と申ける時氏神に
まうて給けるにこのゑつかさにさ
ふらひけるおきな人〳〵のろく
たまはるついてに御くるまより
たまはりてよみてたてまつりける
大原やをしほの山もけふこそは
神世のことも思いつらめ
とて心にもかなしとや思ひけん
いかゝ思ひけんしらすかし

七十七
むかしたむらのみかとゝ申すみかと
おはしましけりその時の女御
たかきこと申すみまそかりけり
それうせたまひて安祥寺にてみ
わさしけり人〳〵さゝけものたてま
つりけりたてまつりあつめたる
物ちさゝけ許ありそこはくのさゝ
けものを木のえたにつけてたうの
まへにたてたれは山もさらにた
うのまへにうこきいてたるやうに
なん見えけるそれを右大将に
いまそかりけるふちはらのつね
ゆきと申すいまそかりてかうのを
はるほとにうたよむ人〳〵をめし
あつめてけふのみわさを題にて
春の心はえあるうたゝてまつらせ
たまふ右のむまのかみなりける
おきなめはたかひなからよみ
ける
山のみなうつりてけふにあふ事は
はるのわかれをとふとなるへし
とよみたりけるをいま見れはよくも
あらさりけりそのかみはこれや
まさりけむあはれかりけり

七十八
むかしたかきこと申す女御おは
しましけりうせ給てなゝ七日の
みわさ安祥寺にてしけり
右大将ふちはらのつねゆきといふ
人いまそかりけりそのみわさにま
うてたまひてかへさに山しなの
せんしのみこおはしますその山
しなの宮にたきおとし水はし
らせなとしておもしろくつくられ

たるにまうてたまうてとしころよ
そにはつかうまつれとちかくはいま
た
つかうまつらすこよひはこゝにさ
ふらはむと申たまふみこよろこひた
まふて
よるのおましのまうけせさせ給
さるにかの大将いてゝたはかり
たまふやうみやつかへのはしめに
たゝなをやはあるへき三条のお
ほみゆきせし時きのくにの千里
のはまにありけるいとおもしろき
いしたてまつれりきおほみゆきの
のちたてまつれりしかはある人
のみさうしのまへのみそにすへ
たりしをしまこのみ給きみ也
このいしをたてまつらんとのたまひ
てみすいしんとねりしてとりに
つかはすいくはくもなくてもてき
ぬこのいしきゝしよりは見るは
まされりこれをたゝにたてまつらは
すゝろなるへしとて人〳〵にうたよ
ませたまふみきのむまのかみ
なりける人のをなむあおきこけ
をきさみてまきゑのかたにこのうた
を
つけてたてまつりける
　あかねともいはにそかふる色見え
ぬ
　心を見せむよしのなけれは
となむよめりける

七十九

むかしうちのなかにみこうまれ
給へりけり御うふやにひと〳〵哥
よみけり御おほちかたなりける
おきなのよめる
　わかゝとにちひろある影をうへつ
れは
　夏冬たれかゝくれさるへき
これはさたかすのみこ時の人中将の
子となんいひけるあにの中納言ゆき
ひらの
むすめのはらなり

八十

昔おとろへたる家にふちの花う
へたる人ありけりやよひのつ
こもりにその日あめそほふるに
人のもとへおりてたてまつらすとて
よめる
　ぬれつゝそしゐておりつる年の内
に
　はるはいくかもあらしとおもへは

八十一

むかし左のおほいまうちきみいま
そかりけりかも河のほとりに六条
わたりに家をいとおもしろくつ
くりてすみたまひけり神な月の
つこもりかたきくの花うつろひさ

かりなるにもみちのちくさに見ゆるおりみこたちおはしまさせて夜ひとよさけのみしあそひてよあけもてゆくほとにこのとの、おもしろきをほむるうたよむそこにありけるかたゐをきなたい（いた）しきのしたにはひありきて人にみなよませはて丶よめる

しほかまにいつかきにけむあさなきにつりするふねはこ丶によらなん

となむよみけるはみちのくに丶いきたりけるにあやしくおもしろき所〳〵おほかりけりわかみかと六十よこくの中にしほかまといふ所ににたるところなかりけりされはなむかのおきなさらにこ丶をめて丶しほかまにいつかきにけむとよめりける

八十二

むかしこれたかのみこと申すみこおはしましけり山さきのあなたにみなせといふ所に宮ありけり年ことのさくらの花さかりにはその宮へなむおはしましけるその時右のむまのかみなりける人をつねにゐておはしましけり時世へてひさしくなりにけれはその人の名わすれにけりかりはねむころにもせてさけをのみのみつ丶やまとうたにかゝれりけりいまかりするかたの丶なきさの家そのゐんのさくらことにおもしろしその木のもとにおりゐて枝を丶りてかさしにさしてかみなかしもみな哥よみけりうまのかみなりける人のよめる

世中にたえてさくらのなかりせははるの心はのとけからまし

となむよみたりける又人のうた

ちれはこそいと丶さくらはめてたけれうき世になにかひさしかるへき

とてその木のもとはたちてかへるに日くれになりぬ御ともなる人さけをもたせて野よりいてきたりこのさけをのみてむとてよき所をもとめゆくにあまの河といふところにいたりぬみこにむまのかみおほみきまいるみこの丶たまひけるかた野をかりてあまの河のほとりにいたるを題にてうたよみてさか月はさせとのたまうけれはかのむまのかみよみてたてまつりける

かりくらしたなはたつめにやとからむ

あまのかはらに我はきにけり
みこうたを返ゝすしたまうて返
しえしたまはすきのありつね御
ともにつかうまつれりそれか返し
ひとゝせにひとたひきます君まて
は
やとかす人もあらしとそ思
かへりて宮にいらせ給ぬ夜ふくるま
てさけのみ物かたりしてあるしの
みこゑひていりたまひなむとす
十一日の月もかくれなむとすれはか
の
むまのかみのよめる
あかなくにまたきも月のかくるゝ
か
山の葉にけていれすもあらなん
みこにかはりたてまつりてきのあり
つね
をしなへて峰もたひらになりなゝ
む
山のはなくは月もいらしを
八十三
むかしみなせにかよひ給しこれたか
の
みこれいのかりしにおはしますとも
に
うまのかみなるおきなつかうまつれ
り
日ころへて宮にかへりたまうけり
御をくりしてとくいなんとおもふに
おほみきたまひろくたまはむとて
つかはさゝりけりこのむまのかみ心
もとなかりて
まくらとて草ひきむすふこともせ
し
秋の夜とたにたのまれなくに
とよみける時はやよひのつこもりな
りけり
みこおほとのこもらてあかし給てけ
り
かくしつゝまうてつかうまつりける
を
おもひのほかに御くしおろしたまう
て
けりむ月におかみたてまつらむとて
小野にまうてたるにひえの山のふ
もとなれは雪いとたかししゐて
みむろにまうてゝおかみたてまつる
に
つれ〳〵といと物かなしくておは
しましけれは
やゝひさしくさふらひていにしへの
ことなと思ひいてきこえけりさても
さふらひてしかなとおもへとおほ
やけことゝもありけれはえさふらは
て
ゆふくれにかへるとて

わすれては夢かとそ思おもひきや
ゆきふみわけて君を見むとは

とてなむなく〳〵きにける

八十四

むかしおとこ有けり身はいやしなから、は、なん宮なりけるそのは、なかをかといふ所にすみ給けりこは京に宮つかへしけれはまうつとしけれとしは〳〵えまうてすひとつこにさへありけれはいとかなしうし給ひけりさるにしはすはかりにとみのことゝて御ふみありおとろきて見れはうたあり

老ぬれはさらぬわかれのありといへは
いよ〳〵見まくほしきゝみかな

かのこいたうゝちなきてよめる

世中にさらぬわかれのなくも哉
千よもといのる人のこのため

八十五

昔おとこ有けりわらはよりつかうまつりけるきみ御くしおろしたまうてけりむ月にはかならすまうてけりおほやけのみやつかへしけれはつねにはえまうてすされともとの心うしなはてまうてけるになん有けるむかしつかうまつりし人そくなるせんしなるあまたまいりあつまりてむ月なれは事たつとておほみきたまひけりゆきこほすかことふりてひねもすにやますみな人ゑひて雪にふりこめられたりといふをたいにてうたありけり

おもへとも身をしわけねはめかれせぬ
ゆきのつもるそわか心なる

とよめりけれはみこいといたうあはれかりたまうて御そぬきてたまへりけり

八十六

昔いとわかきおとこわかき女をあひいへりけりをの〳〵おやありけれはつゝみていひさしてやみにけり年ころへて女のもとに猶心さしはたさむとや思けむおとこうたをよみてやれりけり

今までにわすれぬ人は世にもあらし
をのかさま〳〵年のへぬれは

とてやみにけりおとこも女もあひはなれぬ宮つかへになんいてにける

八十七

むかしおとこ津のくにむはらのこほり
あしやのさとにしるよしゝていきてすみけりむかしのうたに

あしのやのなたのしほやきいとまなみ
つけのをくしもさゝすきにけり

とよみけるそこのさとをよみけるこゝをなむあしやのなたとはいひけるこのおとこなまみやつかへしけれは
それをたよりにてゑうのすけともあつまりきにけりこのおとこのこのかみもゑふのかみなりけりその家のまへの海のほとりにあそひありきていさこの山のかみにありといふぬのひきのたき見にのほらんといひてのほりて見るにそのたき物よりこと也なかさ二十丈ひろさ五丈許

なるいしのおもてしらきぬにいはをつゝめらんやうになむありけるさるたきのかみにわらうたのおほきさしてさしいてたるいしありそのいしのうへにはしりかゝる水はせうかうしくりのおほききにてこほれ
おつそこなる人にみなたきの哥よますかのゑふのかみまつよむ

わか世をはけふかあすかとまつかひの
なみたのたきといつれたかけん

あるしつきによむ

ぬきみたる人こそあるらし白玉の
まなくもちるかそてのせはきに

とよめりけれはかたへの人わらふことにや有けんこの哥にめてゝやみにけり

かへりくるみちとをくてうせにし宮内
卿もちよしか家のまへくるに日くれぬやとりの方を見やれはあまのいさり火おほく見ゆるにかのあるしのおとこよむ

はるゝ夜のほしか河辺の蛍かも
わかすむかたのあまのたく火か

とよみて家にかへりきぬその夜南の風ふきて浪いとたかしつとめてその家のめのこともいてゝうきみるのなみによせられたるひろひていゑの内に
もてきぬ女かたよりそのみるをたかつきにもりてかしはをおほひていたしたるかしはにかけり

渡つ海のかさしにさすといはふ

も、
きみかためにはおしまさりけり
ゐなか人のうたにてはあまれりやたらすや

八十八
昔いとわかきにはあらぬこれかれともたちともあつまりて月を見てそれかなかにひとり
おほかたは月をもめてしこれそこのつもれは人のおいとなる物

八十九
むかしいやしからぬおとこ我よりはまさりたる人を思かけて年へける
ひとしれす我こひしなはあちきなく
いつれの神になきなおほせん

九十
むかしつれなき人をいかてと思わたりけれはあはれとや思けんさらはあすものこしにてもといへりけるをかきりなくうれしく又うたかはしかりけれはおもしろかりけるさくらにつけて
さくら花けふこそかくもにほふともあなたのみかたあすのよのこと
といふ心はへもあるへし

九十一
むかし月日のゆくをさへなけくおとこ三月つこもりかたに
おしめとも春のかきりのけふの日のゆふくれにさへなりにける哉

九十二
むかしこひしさにきつゝかへれと女にせうそこをたにえせてよめる
あしへこくたなゝしを舟いくそたひゆきかへるらんしる人もなみ

九十三
むかしおとこ身はいやしくていとになき人を思かけたりけりすこしたのみぬへきさまにやありけんふして思ひおきておもひ思わひてよめる
あふな〳〵思ひはすへしなそへなくたかきいやしきくるしかりけり

むかしもかゝることは世のことはり
にや
ありけん

九十四

むかしおとこ有けりいかゝありけむ
そのおとこすますなりにけり
のちにをとこありけれとこあるなか
なりければ
こまかにこそあらねと時〳〵ものい
ひ
をこせけり女かたにゑかく人なり
ければかきにやれりけるをいまの
おとこの物すとてひとひふつかをこ
せさりけりかのおとこいとつらく
をのかきこゆる事をはいまゝてたま
はねはことはりとおもへと人をはう
らみつへき物になんありけるとて
ろうしてよみてやれりける時は
秋になんありける

　秋の夜は春ひわするゝ物なれや
　　かすみにきりやちへまさるらん

となんよめりける女返し

　千ゝの秋ひとつの春にむかはめや
　　もみちも花もともにこそちれ

九十五

むかし二条の后につかうまつるおと
こ
有けり女のつかうまつるをつねに
見かはしてよはひわたりけりいか
て物こしにたいめんしておほつかな
く
思つめたることすこしはるかさん
といひけれは女いとしのひてものこ
しにあひにけり物かたりなとしてお
とこ

　ひこほしにこひはまさりぬあまの
河
　へたつるせきをいまはやめてよ

このうたにめてゝあひにけり

九十六

むかしおとこ有けり女をとかくいふ
こと
月日へにけりいは木にしあらねは
心くるしとや思けんやう〳〵あはれ
と
思けりそのころみな月のもちはかり
なりければ女身にかさひとつふた
ついてきにけり女いひをこせたる
今はなにの心もなし身にかさも
ひとつふたついてたり時もいとあつ
しすこし秋風ふきたちなん時
かならすあはむといへりけり秋ま
(た)つ
ころをひにこゝかしこよりその人の
もとへいなむすなりとてくせちい
てきにけりさりければ女のせうとに
はかに
むかへにきたりされはこの女かえて

の
はつもみちをひろはせてうたを
よみてかきつけてをこせたり

秋かけていひしなからもあらなく
に
この葉ふりしくえにこそありけれ

とかきをきてかしこより人をこせは
これをやれとていぬさてやかてのち
つゐにけふまてしらすよくてやあ
らむあしくてやあらんいにし所もし
らす
かのおとこはあまのさかてをうち
てなむのろひをるなるむくつけ
きこと人のゝろひことはおふ物にや
あらむおはぬ物にやあらんいまこそ
は見めとそいふなる

九十七

むかしほり河のおほいまうちきみ
と申すいまそかりけり四十の賀
九条の家にてせられける日中将
なりけるおきな

さくら花ちりかひくもれおいらく
の
こむといふなるみちまかふかに

九十八

昔おほきおほいまうちきみときこ
ゆるおはしけりつかうまつるおとこ
なか月許にむめのつくりえたに
きしをつけてたてまつるとて

わかたのむ君かためにとおる花は
ときしもわかぬ物にそ有ける

とよみてたてまつりたりけれはいと
かしこくおかしかり給て使にろくた
ま
へりけり

九十九

むかし右近の馬場のひをりの日
むかひにたてたりけるくるまに女の
かほのしたすたれよりほのかに見
えけれは中将なりけるおとこの
よみてやりける

見すもあらす見もせぬ人のこひし
くは
あやなくけふやなかめくらさん

返し

しるしらぬなにかあやなくわきて
いはん
おもひのみこそしるへなりけれ

のちはたれとしりにけり

百

むかしおとこ後涼殿のはさまをわ
たりけれはあるやむことなき人の

御つほねよりわすれくさをしのふ
くさとやいふとていたさせたまへり
けれはたまはりて

忘草おふるのへとは見るらめと
こはしのふなりのちもたのまん

百一

むかし左兵衛督なりける在原の
ゆきひらといふありけりその人の家
によきさけありときゝてうへにあり
ける左中弁ふちはらのまさちかと
いふをなむまらうとさねにてその
日はあるしまうけしたりける
なさけある人にてかめに花を
させりその花のなかにあやしき
ふちの花ありけり花のしなひ
三尺六寸はかりなむありける
それをたいにてよむよみはてかたに
あるしのはらからなるあるしゝ
たまふときゝてきたりけれはとら
へてよませけるもとよりうたのこと
は
しらさりけれはすまひけれとしゐて
よませけれはかくなん

さく花のしたにかくるゝ人をほみ
ありしにまさるふちのかけかも

なとかくしもよむといひけれはお
ほきおとゝのゑい花のさかりにみま
そかりて藤氏のことにさかゆるを
おもひてよめるとなんいひけるみ
なひとそしらすなりにけり

百二

むかしおとこ有けりうたはよまさり
けれと世中を思しりたりけり
あてなる女のあまになりて世中を
思うんして京にもあらすはるか
なる山さとにすみけりもとし
そくなりけれはよみてやりける

そむくとて雲にはのらぬ物なれと
世のうきことそよそになるてふ

となんいひやりける斎宮の宮也

百三

むかしおとこ有けりいとまめにしち
ようにてあたなる心なかりけりふか
草のみかとになむつかうまつりける
心
あやまりやしたりけむみこたちのつ
か
ひたまひける人をあひいへりけりさ
て

ねぬる夜の夢をはかなみまとろめ
は
いやはかなにもなりまさる哉

となんよみてやりけるさるうたの
きたなけさよ

百四

むかしことなることなくてあまに
なれる人有けりかたちをやつした
れと物やゆかしかりけむかものまつ
り
見にいてたりけるをおとこうたによ
みて
やる

　世をうみのあまとし人を見るから
に
　めくはせよともたのまる丶哉

これは斎宮の物見たまひけるくる
まにかくきこえたりけれは見さし
てかへり給にけりとなん

百五

むかしおとこかくてはしぬへしとい
ひ
やりたりけれは女

　白露はけなはけな丶んきえすとて
　たまにぬくへき人もあらしを

といへりけれはいとなめしと思けれ
と
心さしはいやまさりけり

百六

昔おとこみこたちのせうえうし
給所にまうて丶たつた河のほとりに
て

　ちはやふる神世もきかすたつた河
　からくれなゐに水く丶るとは

百七

むかしあてなるおとこありけりその
おとこのもとなりける人を内記に
有けるふちはらのとしゆきといふ人
よはひけりされとまたわかけれはふ
みも
おさ〱しからすことはもいひしら
す
いはむやうたはよまさりけれは
かのあるしなる人あんをかきて
か丶せてやりけりめてまとひにけり
さておとこのよめる

　つれ〱のなかめにまさる涙河
　そてのみひちてあふよしもなし

返しれいのおとこ女にかはりて

　あさみこそ丶てはひつらめ涙河
　身さへなかるときかはたのまむ

といへりけれはおとこいといたうめ
て丶
いま丶てまきてふはこにいれてあり
と
なんいふなるおとこふみおこせたり
えてのちの事なりけりあめのふり
ぬへきになん見わつらひ侍みさい
はひあらはこのあめはふらしといへ

りけれはれいのおとこ女にかはりて
よみてやらす
かす〳〵に思ひおもはすとひかた
み
身をしる雨はふりそまされる
とよみてやれりけれはみのもかさ
もとりあへてしとゝにぬれてまとひ
きにけり

百八

むかし女ひとの心をうらみて
風ふけはとはに浪こすいはなれや
わか衣手のかはく時なき
とつねのことくさにいひけるをきゝ
おひけるおとこ
夜ゐことにかはつのあまたなくた
には
水こそまされ雨はふらねと

百九

むかしおとこともたちの人をうし
なへるかもとにやりける
花よりも人こそあたになりにけれ
いつれをさきにこひんとか見し

百十

むかしおとこみそかにかよふ女あり
けり
それかもとよりこよひゆめになん
見えたまひつるといへりけれはおと
こ
おもひあまりいてにしたまのある
ならん
夜ふかく見えはたまむすひせよ

百十一

昔おとこやむことなき女のもとにな
くなりにけるをとふらふやうにて
いひやりける
いにしへはありもやしけん今そし
る
また見ぬ人をこふるものとは
返し
したひものしるしとするもとけな
くに
かたるかことはこひすそあるへき
又返し
こひしとはさらにもいはしゝたひ
もの
とけむを人はそれとしらなん

百十二

むかしおとこねむころにいひちきれ
る女のことさまに

なりにけれは
すまのあまのしほやく煙風をいたみ
おもはぬ方にたなひきにけり

百十三

昔おとこやもめにてゐて
なかゝらぬいのちのほとにわするゝは
いかにみしかき心なるらん

百十四

むかし仁和のみかとせり河に行幸したまひける時いまはさることにけなく思けれともとつきにける事なれはおほたかのたかゝひにてさふらはせたまひけるすりかりきぬのたもとにかきつけゝる
おきなさひ人なとかめそかり衣
けふはかりとそたつもなくなる
おほやけの御けしきあしかりけりをのかよはひを思けれとわかゝらぬ人はきゝおひけりとや

百十五

むかしみちのくにゝておとこ女すみけりおとこ宮こへいなんといふこの女いとかなしうてうまのはなむけをたにせむとておきのゐてみやこしまといふ所にてさけのませてよめる
をきのゐて身をやくよりもかなしきは
宮こしまへのわかれなりけり

百十六

むかしおとこすゝろにみちのくにまてまとひいにけり京におもふ人にいひやる
浪まより見ゆるこしまのはまひさし
ひさしくなりぬきみにあひ見て
なにこともみなよくなりにけりとなんいひやりける

百十七

むかしみかと住吉に行幸したまひけり
我見てもひさしくなりぬ住吉のきしのひめ松いくよへぬらん
おほん神けきやうし給て
むつましと君は白浪みつかきのひさしき世よりいはひそめてき

百十八

昔おとこひさしくをともせてわ
するゝ心もなしまいりこむといへり
けれは

玉かつらはふ木あまたになりぬれ
は
たえぬ心のうれしけもなし

百十九

むかし女のあたなるおとこのかたみ
とてをきたる物ともを見て

かたみこそ今はあたなれこれなく
は
わするゝ時もあらましものを

百二十

昔おとこ女のまた世へすとおほえ
たるか人の御もとにしのひて
ものきこえてのちほとへて

近江なるつくまのまつりとくせな
ん
つれなき人のなへのかす見む

百二十一

むかしおとこ梅壺より雨にぬれて
人のまかりいつるを見て

うくひすの花をぬふてふかさも哉
ぬるめる人にきせてかへさん

返し

うくひすの花をぬふてふかさはい
な
おもひをつけよほしてかへさん

百二十二

むかしおとこちきれることあやまれ
る
人に

山しろのゐてのたま水てにむすひ
たのみしかひもなきよなりけり

といひやれといらへもせす

百二十三

むかしおとこありけり深草にすみ
ける女をやう〳〵あきかたにや
思けんかゝるうたをよみけり

年をへてすみこしさとをいてゝい
なは
いとゝ深草野とやなりなん

女返し

野とならはうつらとなりてなきを
らん
かりにたにやは君はこさらむ

とよめりけるにめてゝゆかむと
思ふ心なくなりにけり

百二十四

むかしおとこいかなりける事を思ひけるおりにかよめる

おもふことといはてそたゝにやみぬへき
我とひとしき人しなけれは

百二十五

むかしおとこわつらひて心地しぬへくおほえけれは

つゐにゆくみちとはかねてきゝしかときのふけふとはおもはさりしを

本書は書き下ろしです。

本書に収録されていないエピソードをこちらで読むことができます。

服部真澄の伊勢物語絵解きブログ

服部真澄（はっとり・ますみ）
1961年東京都生まれ。早稲田大学教育学部国語国文科卒。1995年に刊行したデビュー作『龍の契り』が大きな話題となる。'97年『鷲の驕り』で吉川英治文学新人賞を受賞。以後、豊富な取材と情報量を活かしたスケールの大きな作品を発表しつづけている。歴史に材をとった作品も多い。著書に『天の方舟』『クラウド・ナイン』『深海のアトム』『夢窓』、本書と同時刊行の『千年の眠りを醒ます「伊勢物語」』などがある。

令和版《れいわばん》　全訳小説《ぜんやくしょうせつ》　伊勢物語《いせものがたり》

第一刷発行　二〇二〇年四月二十一日

著者　服部真澄《はっとりますみ》
発行者　渡瀬昌彦
発行所　株式会社講談社
東京都文京区音羽二・十二・二十一
郵便番号　一一二・八〇〇一
電話　出版　〇三・五三九五・三五一〇
販売　〇三・五三九五・五八一七
業務　〇三・五三九五・三六一五

本文データ制作　講談社デジタル製作
印刷所　豊国印刷株式会社
製本所　大口製本印刷株式会社

定価はカバーに表示してあります。

ISBN978-4-06-518410-3
N. D. C. 915　303p　20cm